花嫁は開発室長

早乙女彩乃

CHARADE BUNKO

二見シャレード文庫

目次

イラスト――ほづみ音衣

花嫁は開発室長

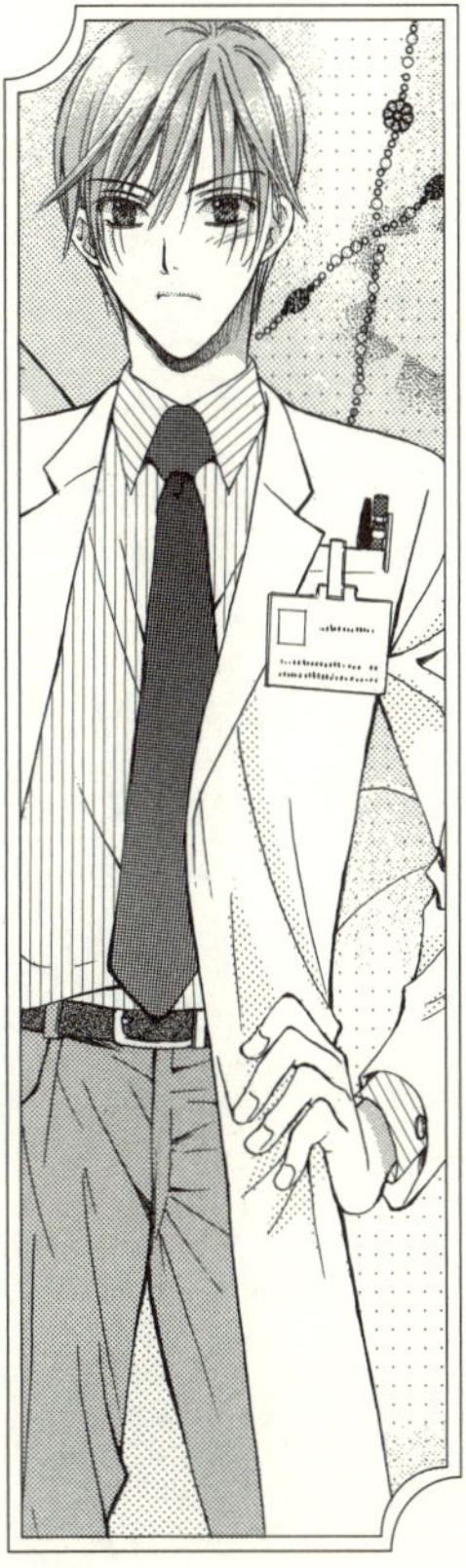

都内にある帝都《ていと》ホテルのパーティーホールで、エレクトロニクスメーカー最大手のサイクロン社と、新進のデバイスメーカー、ジェイウッドの社員、およそ三十人が式典に参加している。

「高城《たかしろ》先輩、なんか怒ってますか？」

「あったり前だろ！　これが怒らずにいられるかっていうんだ」

可愛《かわい》い顔に似合わず、彼は唇を尖《とが》らせて怒っている。

「まぁまぁ、少し機嫌を直してください」

「直せないよ！　いくら社長命令だからって、今まで競い合ってたサイクロン社と共同開発なんて俺はご免だよ！　ライバル企業なんだぞ！」

「まぁ、たしかにＤＶＤでは競い合ってますが、あっちはウチをライバル企業だなんて微塵《みじん》も思ってませんって」

先月、この両社間で次世代の記録媒体である新しい光ディスクの開発を共同で行うことが決まり、今日はそのプロジェクト室の発足式として、両社のトップとともに開発を担当する精鋭エンジニアが互いの交流を目的に集められている。

「だけど、なにも今さらサイクロン社なんかと手を組まなくても、開発ならジェイウッド独自でも充分できるじゃないか！」

「先輩の気持ちもわかりますが、俺たちは所詮《しょせん》サラリーマンなんですから、上の決定には逆らえませんって。サイクロンはウチの株の半分近くを握っているし、トップも先方の要求に従わざるを得なかったんでしょう」

「そこがムカつくんだよ！」

渋谷《しぶや》に本社を構えるジェイウッドは、ビデオテープやＤＶＤなどを扱う中堅デバイスメーカーである。

そこに勤務する高城玲司《れいじ》は、Ｔ大学工学部化学科卒の優秀なエンジニア。

そんな彼のＩＱは２００で、大学在学中から、すでに注目されるほど優秀な研究者だった。

周囲からは、末はノーベル賞を取ったＳ製作所のＴ氏のような研究者になると、将来を嘱《しょく》望《ぼう》されていたが、彼は自らの強い意思で、修士課程終了後、ジェイウッドに入社した。

中堅企業ではあるが、常に新分野にチャレンジしていることに魅力を感じたからだ。

今年は入社三年目で、現在は本社開発室に勤務している天才エンジニアだ。

「あ～！　ホント胸クソ悪いったらない！」

「先輩～、せっかくそんな可愛い顔でカナリアみたいに綺麗《きれい》な声なのに、なんで昔から口だけは悪いですかねぇ」

ため息混じりに嘆いた後輩の脳天に、瞬時に飛んでくるツッコミのごときゲンコツ。

「痛《い》った～。ひどいなぁ、本気で殴るし」

「俺に可愛いとかいう形容詞をつけるな！　いい加減、学習しろよ。何年一緒にいると思ってるんだ！」

実はこれまでの二十七年の人生で、高城は可愛いという形容詞を周囲に言われまくっているのだ。

身長は百六十二センチ。

体重は四十八キロ。

はっきり言って、そのあたりにいる女子高生とほとんど変わらない背格好だ。

くっきりと開いた瞳《ひとみ》は二重で、おまけにまつげはその上に爪楊枝《つまようじ》が何本ものるほど長い。

小さく尖った鼻と、ふっくらしたやわらかそうな紅《あか》い唇の高城は、月九をにぎわす人気女優も真っ青な可愛さ。

おまけに声がとても透明で、目をつぶって聞いていれば女の子そのものだ。

ゆえに大学時代から、密《ひそ》かにカナリアボイスなんて言われていたことは、彼自身の耳にも入っている。

そんな高城なのだが、その外見とは正反対に、とにかく口が悪くて態度も粗暴だった。

ようするに、昔から女に間違えられることが多く、それがイヤでわざと素行を乱暴にしていたら、いつしかそのまま板についてしまったというワケらしい。

自分の容姿の特徴について、普通の人間なら徐々に言われ慣れるのだろうが、性格がとことんオトコマエの彼の場合、そうはいかなかった。

「ほら、そんな腐ってばかりいないで。ちゃんとサイクロン社の役員や担当エンジニアにあいさつしましたか?」

高城はプロジェクト結成式典のおめでたい席上で、パーティーの趣旨をまったく無視して皿に盛られたオードブルをつまんでいる。

「あいさつなんてどうでもいいさ」

そんな無作法な先輩の心配をしているのは、高城より二年遅れでジェイウッドに入社した柚木拓眞《ゆずきたくま》。

スラリと長身で体格もよく、笑顔のとても爽《さわ》やかなハンサムな青年だ。

高城とは同郷の北海道富良野《ふらの》出身で、高校も同じ学校だった。

その上、同じT大工学部の後輩とあって、つきあいはすでに十年を超えている。

「いいか柚木、別にあいさつなんてしなくても、俺は自分の腕には自信があるんだよ! それに、相手に愛想を振りまくのは営業の仕事だろ? 昔から開発担当のエンジニアってのは、偏屈だって相場が決まってるんだから」

「まぁた、そんなワケのわからない屁理屈《へりくつ》をこねてるし」

柚木が深くため息をつくと、高城はテーブルの上の大きなフルーツ皿から、飾りにしてあった丸いリンゴをつかんで、そのまま大きな口を開けてかじりついた。

「じゃぁ柚木に訊《き》くけど、俺の言ってること、なにか間違ってるかよ?」

「いいえ。それはたしかに、記録媒体の研究で先輩の右に出る人材なんか、もう日本にはいないでしょうけれどね…あ、ほら。常磐《ときわ》社長がこっちを見ていますよ。頼みますから、お行儀よくしてください。問題はご免です」

鋭い眼光を送る男にいち早く気づいた柚木が、高城の肩を抱いてひっそり耳打ちした。

「ほっときゃいいんだ。俺が昔からアイツのこと嫌いなの知ってるだろ?」

高城が子供みたいに唇を尖らせる。

「まぁ、たしかに大学時代、先輩と常磐の間にはいろいろ事件がありましたよねぇ…」

柚木がしみじみ気の毒そうに納得する。

「そうだよ。常磐の奴、なにかっていうと俺に嫌がらせをしてきやがって!」

「そうでしたそうでした。思えばアイツも先輩同様、ガキですね」

「俺はガキじゃないぞ! 失礼な」

「あ、高城先輩。ほら、リンゴの果汁がこぼれてますって!」

かじったリンゴを持つ指を伝って、甘い汁が手首まで垂れているが、彼は一向に平気な顔だ。

「あぁ。こんなの、いいっていいって」

「ダメですよ。ホラ、ちゃんと口の周りもふいてください。ちょっと上を向いて」

急いでハンカチを取りだした柚木だったが、その時、高城の背後に長身の男が現れたのに気づいた。

「ぁ…」

長めの前髪をゆるくうしろに流した彼には、上品なダークブルーのスーツがよく似合っている。

やや浅黒い肌に、筋の通った鼻と薄い唇。

その容姿はモデルと間違えられてもおかしくないほど整っていて、涼しげな目元が彼の表情をいっそうクールに見せていた。

「え？　なに？」

いきなりうしろに出現したかと思うと、常磐は高城の腕を取って一気に反転させ、細い顎《あご》を我が物顔でつかんで仰向《あおむ》かせる。

「うわッ。なんだよ、お前！　どっから出てきたんだ！　ちょ、放せって」

テーブルの上に置かれていた白いナプキンを使って、男は高城の口の周りを丁寧にぬぐってやる。

その仕草がとても紳士的で様になっていて、さすがの柚木も一言も口を挟めなかった。

「おい、よけいなことすンなって！」

つかまれていた腕を必死で振りほどくと、即座に高城は相手に食ってかかる。

「よけいなこと？　高城さん。その歳《とし》になって、こんな公式な場で、リンゴを手づかみでかじる人なんて初めて見ましたよ。よほど育ちがよかったらしい」

失礼で挑発的な言葉を浴びると、気の強い高城はすぐに牙《きば》を剝《む》く。

「うるさいなぁ！　富良野じゃ、みんなリンゴはこうやって食べるんだよ！　自分がちょっとおぼっちゃまだからって偉そうにするなよ！　ホントお前って昔からヤな奴だよ」

会ってわずか数秒で、これほど険悪な雰囲気になれる二人に、柚木はある意味感動して肩をすくめ、しばらく二人の様子を見守ることにした。

「それは失礼いたしました。まぁ、私はいくら嫌われてもけっこうですがね。これから先、あなたは私と一緒に、新プロジェクトを立ちあげていくことをお忘れなく。高城室長」

実は高城は、そのプロジェクト室のリーダーとなる、室長の大役を任命されている。

「お前とじゃないよ。サイクロンの技術者と仕事をするんだろ！」

小柄な高城は、常磐の前に立つと首を背中側に九〇度近く曲げて上を向かなければならないので、それも悔しくてイヤなのだ。

「まぁまぁ先輩、悪態はそのくらいにして」

柚木が庇《かば》うように高城を引っぱって自分の背後にまわすと、華奢《きゃしゃ》な身体《からだ》は逞《たくま》しい後輩の背にすっぽりと隠れてしまう。

そうしておいてから、柚木は社会人らしくあいさつをした。

「常磐社長。このたびは業界最大手の御社のプロジェクトに参画できることを、ウチの技術者たちも皆、喜んでおります。どうぞ今後ともよろしくご指導願います」

「ええ。貴社の記録媒体における技術力の高さは、業界でも定評がありますからね。私どもとしても、大きな期待をしていますよ。でも…」

常磐は不機嫌さをあらわにした顔で言った。

「柚木さん。また、あなたも一緒なんですねぇ。それにしても、本当に高城さんとは、いつも一心同体でいらっしゃる」

　明らかに嫌味と取れる発言だったが、柚木はまったく動じた様子もなく受け流す。

「はぁ…なんというか、高城先輩は天才的なエンジニアなんですがねぇ、ナゼか頭や顔に似合わず粗暴なので、私がそばにいないと心配で心配で。まぁ、ようするに私は先輩の、お守《も》り役みたいなもんですよ」

　相手の問いに上手に切り返す柚木だったが、その言葉に直情型の高城はすぐ反応する。

「おい柚木！　お守り役って、どういう意味だよ！」

　高城の綺麗な怒鳴り声は見事に会場に響き渡り、それにいち早く気づいたジェイウッドの部長が、あわてて飛んでくると高城を羽交い締めにしてその口をふさいだ。

「んッ！　ん〜ッ！」

「柚木さん。あなたは本当に先輩思いの、いい後輩だ。高城さん、今度のプロジェクト、あなたにはとても期待しています。それでは、私はまだあいさつがありますので」

　掌《てのひら》で口を覆われた高城は、優雅に会釈をして背を向ける男の背中に、懲りずにパンチを連打してみせた。

　弱冠二十五歳の若さで、サイクロン社の社長に就任した常磐は、先代、常磐充造《じゅうぞう》の一人息子だ。

　サイクロン社は今年で創業五十年の企業で、先代がわずか一代で世界規模にまで成長させた、業界有数のエレクトロニクスメーカーである。

一年前、心筋梗塞《こうそく》で前社長が逝去したのち、すぐにその嫡男である常磐薫《かおる》が、一部の反対勢力を押しきって取締役社長に就任した。

学部は違うが、彼も高城や柚木と同じくT大学の出身者だ。

経済学部に在学している頃から、講義のない時間は必ず本社に出勤し、父親から経済のいろはを学んでいた彼は、反対派閥からの非難をわずか一年で賛辞に塗り替えた強者《つわもの》。

その経営手腕には抜きんでた才気があり、先代と同じく容赦ない強引なやり方で、経営を押し進めている。

もちろん批判されることもたびたびあったが、それでもサイクロン社は先代亡きあと、海外への事業展開を推進し、今回のように高密度記録媒体などの急成長分野にも積極参入するなど、多方面において活躍の場を広げ、ますますの発展を極めている。

そんなやり手の常磐社長自身が直轄することになった今度の新規開発プロジェクト。

式典の中盤になって、ようやく常磐があいさつのために用意されたマイクの前に現れた。

「本日は、我々の新たなプロジェクト発足にあたりまして、優秀なエンジニアの皆さまに会していただき、誠にありがとうございます」

今度のプロジェクトで高城たちが開発を手がけるのは、新しい記録方式の光ディスク。そこで新製品が開発されれば、両社には莫大な利益が見込まれていた。

サイクロン社はジェイウッドの株の半分近くを握っている大株主だが、実はそれは高城がジェイウッドに入社して以降のこと。

現在ではサイクロンからの部品受注も増え、ジェイウッドは記録媒体のシェアーを一手に握ることになり、その分、得意先で大株主でもあるサイクロン社との関係が密になって、逆らうことができない構図ができあがってしまっている。

「アイツ、話が長いって。退屈してきたよ」

常磐社長は実に雄弁にプロジェクトの全容を語り、技術者たちを力強く励ましているが、高城は思わずあくびを噛《か》み殺す。

「高城先輩、常磐の奴…じゃない。常磐社長はスゴイですねぇ。俺と同い年とは思えないなぁ。彼にはなんていうか、生まれながらの社長の風格がある」

マイクを前に熱弁を振るう男を眺めながら、柚木がそう評価するように、自信に満ちた姿は見る者の志気を高めた。

柚木にとっても常磐は大学の同窓である。

「そんなことないさ。アイツのは単に偉そうにしてるだけだろ。ホント虫の好かない奴」

「でも、本当に先輩は出会った当初から常磐のことが嫌いですよね？　ナゼです？」

「別に…嫌いなものは嫌いなんだ。俺は権力を笠《かさ》に着ているような奴はみんな嫌いだよ」

「まぁ、俺もそういう奴は苦手ですが、常磐の場合、実力も伴ってると思いますけど」

柚木の言うことはもっともだと実はわかっているので、高城は返事をしなかった。

「それにしても、先輩がいくら大学の先輩だからって、常磐は今やサイクロンの社長さまなんですよ。せめて敬語くらい使ったらどうです？」

「馬っ鹿！　アイツは俺より二つも年下なんだぞ。肩書きがどうであれ、大学の後輩であることに違いはない！　だから相手に敬語を使われることはあっても、俺が使うことは断じてない！」

「はぁ…相変わらずですねぇ、先輩も」

堂々とした態度で今後の開発方針を語る常磐の姿を、高城は忌々しげに睨《にら》んでいた。

二時間ほどの式典が終わり、社員たちがようやく帰宅を始めた。

常磐社長も秘書を伴って退席し、廊下を歩いていたが、高城はその背中に声をかけた。

「なぁ、ちょっといいか？」

この場で社長にタメロをきく相手など限られているようで、前を行く二人は立ち止まって振り返る。

先輩の唐突な行動に驚き、隣に寄り添う柚木もハラハラした面もちで高城を見た。

「高城室長、なんでしょう？　常磐社長は、これからまだ別のスケジュールがおありですので、手短に願いたいんですが」

すかさず秘書の篠原《しのはら》がそう牽制《けんせい》する。

「そりゃぁ、ずいぶんご多忙なことで。あのさぁ、このプロジェクト、なんで社長のお前が直轄責任者なんだ？」

高城の問いに、常磐はやわらかな表情で答えた。

「それだけ、我が社の社運がかかっているってことですよ」

「だけど、わざわざ社長のお前が直轄することないだろ？　技術担当の取締役がいたじゃないか？　ほら、誰《だれ》だっけ？」

「……そんなに、理由が知りたいですか？」

端正な顔をグッと近づけられると、とても迫力がある。

常磐は昔から人を見下したような傲慢《ごうまん》な態度の男だったが礼儀はキチンとわきまえていて、形だけはいつも高城を立てていた。

「別に……理由なんていいけど。まぁ、とにかく俺もこの研究には興味を持っている。お前のことは嫌いだけど、開発にはできるだけのことはするつもりだから。それだけだ」

基本的に、高城は研究熱心な人間だ。

今回の次世代光ディスクの開発には、非常に興味を持っている。

「ありがとうございます、高城室長。あなたにそう言ってもらえれば、百人力ですよ」

「別に、お前のためじゃないぞ。自分の可能性を試したいだけだ。それと、人類の技術発展のためだ」

大真面目《おおまじめ》な顔で高城が断言すると、秘書の篠原が堪《こら》えきれずにプッと吹きだした。

「なんだよ！　失礼な奴だなッ」

常磐と並ぶと身長のほとんど変わらない秘書の篠原は、眼鏡《めがね》の似合う秀麗な男だ。

外見はとことんお堅く見えるが、全身からなにかワケありな匂《にお》いを醸しだしている。

「あぁ、いえ……これはすみません」

歳は常磐とあまり変わらないように見えるが、なかなかのやり手と評判の秘書らしい。

「私の秘書が失礼をしました。でも…高城さん、相変わらずカッコイイですね。あなたが言うと、そういうクサいセリフもよく似合う」

誉《ほ》め言葉なのか馬鹿にしているのか微妙な返事に、柚木も苦笑しながら謝罪した。

「すみませんねぇ、篠原さん。ウチの先輩は、今どきめずらしいくらい熱血な人でして。でも、彼の才能は後輩の私も保証しますから」

「ええ、高城さんが優秀なエンジニアでいらっしゃることは、社長から常々うかがっておりますよ。それに、情熱があるのは素晴らしいことです」

秘書はそう誉めながらも、相変わらずニヤけている。

「もういい！　帰る」

すっかりヘソを曲げた高城がクルリと背を向けると、常磐がその腕をグッとつかんだ。

「待ってください。ロビーまでご一緒しましょう。タクシーでお送りしますから」

「だからっ！　いつも言ってるだろっ。簡単に腕をつかんで引っぱるなよ！」

「あぁ、そうでしたね。すみません」

優美な笑顔で素直に謝罪されると、高城はますます腹が立ってしまう。

大学時代から、常磐はいつも周囲に取り巻きを連れて歩いている目立つ学生だった。

常磐は高城が三年生の時、経済学部経済学科に入学してきた。

学部も違い、接点などない二人が初めて会話をしたのは、あることがきっかけだった。

図書室で調べものを終えて退室しようとしていた高城と、入ろうとしていた常磐とが、出入り口で偶然にもぶつかってしまったのだ。

その時、小柄な高城は呆気《あっけ》なく吹っ飛んでしまい、持っていたMDプレーヤーを壊してしまった。

すぐに頭を下げた常磐に対し、高城は自分も前を見ていなかったからと謝った。

「さぁ、どうぞ。立てますか？」

まるで女性にするように紳士的な仕草で手を差しのべられ、なんだかムッとした。

小中学校の頃に比べて少なくはなったが、まだ時々、高城を女に間違える奴がいる。

「そんなのいいって！　自分で立てるから」

そう言って散らばった教科書類を拾っている時、いきなり顎に手をかけて仰向かされた。

「え？」

呆然《ぼうぜん》とする高城の前髪を掻《か》き分け、常磐がその額を凝視している。

そこには、三日月の形をした小さな傷痕《きずあと》が薄く残っていた。

「なんだよ！　放せっ」

不意の行動に驚き、高城は相手の手を邪険に払いのけると、そのまま駆け去った。

数日後、常磐が弁償しますと言って、あっさり最新式のMDプレーヤーを持って現れた。

「これはウチの会社の新製品なんです。もちろんタダでもらったんで遠慮しないでくださ
い」

常磐にしてみれば、自分の責任を感じてよかれと思ってしたことだ。

普通の人間なら、新品で弁償してくれると聞いたら十中八九が喜ぶだろう。

「タダ？　それどういう意味だよ！　タダってことないだろ？　失礼なこと言うなよ！　お
前、そのMDを作った人のこと考えたことあるのか？」

常磐にとって、そんな反論は初めてのことだった。

幼少の頃からサイクロン社の社長子息として英才教育を受けてきた彼に、食ってかかった
のは高城が初めてだったらしい。

「先輩、あなたはとても新鮮だな。そういう反応を返されたのは初めてです。不思議な感じ
ですね。まぁ、考え方が多少古風なのは抜きにしてもたしかにあなたの言うとおりです」

「わかればいい。だからこれはもらえない。それに、壊れたあのMDなら、もう自分で修理
したから気を遣うな」

「修理した？　まるで電器屋ですね。ところで先輩、もう少しちゃんと見せてください」

話が終わって行こうとした時、いきなり腕をつかんで引き寄せられ、

「ちょ、なんだよ！」

前髪を持ちあげて額をあらわにされる。

「すみません。実はこの前から気になっていたんですが、どうしたんです？　この傷痕。ケ

ンカでもしましたか？」

　興味深げに熱心に見つめられる。

「そう、ケンカしたんだ」

「本当に？」

　端正な顔を近づけられると、妙に心臓が騒いだ。

「あ～、嘘《うそ》だよ。なんかさ、昔のケガみたいなんだけど」

「なんだけど…って？　自分のことでしょ？」

「でも、そン時は俺、頭を打ったせいで、よく覚えてないんだ」

「………どこでケガを？」

「北海道の富良野に俺の実家があるんだけど、その近くのスキー場だったらしい」

　その時、常磐は急に怖いほど真剣な顔になって高城を問いつめた。

「富良野！　なんていうスキー場です？」

「な、なんだよ……お前」

　おそらく、それからだったろう。

　理由は定かでないが、常磐が一方的に高城に近づくようになったのは…

ようするに常磐は、物怖《ものお》じもせずに意見してくる相手がめずらしかったのだと高城は思っていたし、柚木もそう分析していた。

　だがその年の秋、なんと彼は高城と同じスキー部に入部してきた。

そこでも常磐は相変わらずチヤホヤされて王さま気取りだった。高城はそれが嫌で徹底的に無視を決め込んでいたが、ふと気がつくと、常磐は高城の妹、砂奈《さな》ととても仲良くなっていたのだ。

砂奈は高城より二歳年下の妹で、常磐と同じ経済学部の一年生。

実は高城と砂奈は、うっかりすると親でも間違えてしまうほど、顔も身体つきもそっくりだった。

身長も体重もほぼ同じ。

高城にバストさえあれば、誰もどちらかを判別できないほど酷似している。

おまけにボーイッシュな性格の砂奈は、大学に入ってすぐにショートヘアーにしたものだから、高城はうしろから妹と間違えて声をかけられることもあった。

入学早々、砂奈はその年に入った一年生の中で、一番の美人だと評判になった。

すでに中学の時点で身長の伸びが止まった高城は幼少の頃から妹と間違えられることが多く、それが嫌でいつもジーンズに白のTシャツというシンプルで男らしい服装を好んだ。

それでも、ゼミの出し物で無理やり女装させられることもあったりして、実は高城兄にも男子の隠れファンが密かに多いことを本人以外はけっこう知っている。

常磐とは同学部の砂奈を通じても、なにかと接点が多かったが、高城自身、好きで関《かか》わっていたわけではない。

御曹司《おんぞうし》さまである常磐は、もちろん女子学生にずいぶんモテていたし、いろんな噂《うわさ》もあったが、どれも確かなものではなく、常磐の本気の恋人だという女は結局、卒業するまで現れなかった。

　だから当然、周囲は砂奈との関係を疑っていたが、二人が友情の範囲でつきあいを続けていたことは高城が一番知っていたから、とやかく口出しはしなかった。

　もちろん常磐の態度のデカさや取り巻き連中は嫌いだったが、それでも常磐が講義のない時間には必ず父の経営するサイクロン社に出社し、会社経営にも深く関わっていることは有名だったし、それが強制的ではなく、本人の意思で実務勉強していることを砂奈から聞かされていたので、その点に関しては彼のことを評価していた。

　人にうらやまれる立場にいるせいで一見は遊んでいるように見られがちだが、常磐は仕事に関しては意外なほど熱心で真面目だった。

　一方、柚木と砂奈が高校の同級生だったこともあり、柚木と常磐が砂奈を取り合っているという構図を本気で信じている連中が周囲の学生にはけっこう多かった。

　やがて高城は大学院に進んだが、就職活動シーズンになってすぐのある日、常磐に呼びだされ、ある提案を持ちかけられた。

　それは常磐の父が取締役社長として経営する、国内最大手のエレクトロニクスメーカー、サイクロン社に研究者として入社して欲しいという要請だった。

　見た目に反して粗暴な高城だったが、ＩＱ２００の彼の頭脳は学内の誰よりも明晰《めいせき》で、すでに数社から声がかかっていた。

もちろん大学に残って研究者になるよう、教授陣からの強い誘いもあった。

「どうです高城さん？　あなたにとっても、最高の環境で研究開発ができるんですよ。悪い話じゃないでしょう？」

相変わらず自信に満ちた表情でそう持ちかけてくる常磐だったが、高城はその充分すぎるほど魅力的な申し出をあっさりと断った。

「俺が企業を選ぶ基準は規模や環境じゃないんだ。会社としての方針とか方向性、それに創始者や社長の考え方。そういうものに共感できれば、ぜひそこで働きたいと思ってる」

人が聞けば、ずいぶんと欲のない話だが、高城には就職したのち、社会の発展に貢献するような製品開発を手がけたいという純粋で強い思想があったからだ。

「それでは、給与はどの企業より高く払いましょう。他《ほか》には高城さんのために研究室も新設します。いかがです？」

常磐が経営するサイクロン社が、弱者を平気で切り捨てる強引なやり方をしていることは有名な話で、高城はどうしてもそこに共感できなくて、結局その話を断った。

その後、尊敬できる実直な研究者が多数在籍している、技術力の高いジェイウッドに入社したのだ。

それから二年後、高城のあとを追って、柚木と妹の砂奈も同社に入社。

その後、高城自身は常磐とはほとんど会うこともなくなっていたが、妹の砂奈が時々、彼と会っていることは黙認していた。

そして今、高城は常磐の会社の新プロジェクト室の室長を任されることになり…

とても不思議な再会となった。


「高城さん、タクシーチケットをお渡ししますので、乗って帰ってください」

発足式典の帰りに車を呼んでくれると言う常磐だったが、高城はそれを断った。

「別に、足があるんだから自分で帰るよ。それこそ経費の無駄使いだろ？」

そんな会話をホテルのロビーでしていると、ベルボーイの制止を振りきった一人の男が、自動ドアから駆け込んできた。

グレーの作業服を着た男は、そのまま常磐の前で膝《ひざ》を折る。

驚く高城と柚木の前で、男は深々と土下座したのだ。

「常磐社長ッ。どうか契約打ちきりの件、もう一度、考え直してください。今後は二度と不良部品を出さないようにいたしますので。どうかもう一度だけッ」

男を見下ろして答えたのは、篠原だった。

「いいですか中村《なかむら》社長。あなたの会社が納入した部品のせいで、我が社は市場に十万台出ていたプラズマテレビを全部、無料回収したんですよ」

「はい、承知しております。そのコストは全額、我が社で負担させていただきますので」

懸命に訴える男に、常磐は急に眉《まゆ》をひそめて厳しく言い放った。

「私はそんなことを言っていません。問題なのは、あなた方のせいでサイクロン社のブランドが傷つけられたことです。いったん失った信頼を回復させるのに何年かかると思います？それを金額に換算すればどれほど莫大な額になるか、中村さんに想像できますか？」

常磐の言い分は当然のことだと高城も思ったが……

「本当に申し訳ありませんッ」

初老の男が謝りながら床に額をすりつける姿を見て、高城はいたたまれなくなる。

「我々には他にも多くの部品を納入している下請け会社がある。そのほとんどが五十年来のつきあいの中で、一度も欠陥部品を出していません。もし私が中村さんを許せば、これまで正確に仕事をこなしている他の下請け先の丁寧な仕事ぶりを軽んじることになる」

思わず口を挟もうと一歩踏みだして、柚木に肩をつかまれた。

「高城先輩、言いたいことはわかりますが、これは我々には関係ない。サイクロン社の問題です」

たしかに柚木の言うとおりだった。

「でもっ」

「厳しいようですが、常磐社長の言い分に、俺も同意しますよ」

サイクロンは先代の時から強引で厳しいやり方で上場してきた企業だ。

利益を追求するためには、弱者を切ることも厭《いと》わない一面を持っている。

「さぁ、帰りましょう先輩」

他の下請け会社の正確な仕事ぶりを尊重すると言った発言は正論だと高城にもわかる。

でも、あまりにも容赦ない態度に、見ていて辛《つら》かった。

柚木に促され、高城は駅に向かった。

翌日から、高城たちジェイウッドのメンバーは、席を品川《しながわ》にあるサイクロン本社内に移した。

新プロジェクトは、他企業に情報が漏れないようにと、『Fプロジェクト』という秘密名称で呼ばれ、高城は着任早々、そのプロジェクト室の室長に正式任命された。

当然のことだが、Fプロ直轄担当役員である社長の常磐と室長の高城は、嫌でも毎日顔を合わせて仕事をしている。

両社が共同開発を始めてから一ヶ月。

高城のエンジニアとしての技量は、優秀なサイクロンの技術者たちをも唸《うな》らせ、プロジェクトのリーダーとしての手腕をいかんなく発揮していた。

今日も遅くまで残業をしていたが、企業間競争が厳しいこの業界では、一日でも他社より早い製品開発が重要な鍵《かぎ》になる。

午後十時を過ぎる頃、高城は不意にデスクの隣に立った男に声をかけられた。

「高城室長、そろそろ切りあげて夕飯でもご一緒しませんか？　赤坂《あかさか》によく知った日本料理店があるんですよ」

今日は別の製品の企画会議があって、遅くなってからFプロ室を訪れた常磐だった。

室内にはもう、高城と柚木しかいない。

「あ～、いいよ。今日は終わったら、柚木とラーメンでも食いにいくつもりだから」

あっさり断ると、常磐は高城の隣の席で設計をしている柚木をあからさまに睨んだ。

「プロジェクト責任者である私と、室長であるあなたの間柄じゃないですか。親睦《しんぼく》を深めるために、たまには誘いを受けてください」

そこを理由にされて一瞬迷ってしまうが……

隣で聞いていた柚木が素早く高城の頬《ほお》に唇を寄せて耳打ちする。

「ダメですよ。二人きりで飲みになんかいったら。先輩は酔うとヤバイの自覚してますよね？」

それは本当のことだった。

高城は酔うと非常にヤバイことになる。

ヤバイという表現が正しいかどうかわからないが、ようするに素直で従順になるのだ。

それはすでに常磐にも知られていて、大学時代も危険なことが何度かあった。

実は酔った高城は、常磐になにかイケナイことをされたようで……

だが、なにをされたのか自分にまったく覚えがなく、記憶があいまいになっている。

深くは思いだしたくないのだが……でも、その時もピンチを救ってくれたのは柚木だったらしい。

「室長、実はあなたに重要な話もあるんです」

もっともらしい言葉だ。

「だったら、今ここで話せばいいだろ」

「………」

常磐がゆっくりと眼《め》を細める。

鋭い眼光に、思わず高城は息を呑《の》んだ。

この男がこういう眼をする時は、怒っているのだともう知っている。

「な…んだよっ」

怖じ気づきそうになる自分を隠したくて、強がってみせた。

「ちょっと来てください」

椅子《いす》に座った高城の腕をいきなりつかみあげると、常磐は強引に部屋の外に連れだす。

「ちょ、なにするんだよ！　常磐ッ、やめろって」

高城の白衣の裾《すそ》が翻った。

「常磐社長ッ」

見ていた柚木も制止の声をあげたが、

「柚木さんには関係ない。これは私たちの問題なんですから、関与しないでください」

ぴしゃりと切り捨てられてしまった。

高城は引きずるように連行され、廊下の一番奥にある会議室に押し込まれてしまう。

「なにするんだよ！」

簡単に連行されたことが悔しくて怒鳴ると、常磐が自分の背後で鍵をかける音が響く。

その瞬間、ドクンと心臓が脈打つ。

「あなたが聞き分けないからですよ」

「なんだよそれ！　俺は子供じゃないんだ！　こんなッ…強引な」

つかまれたままの手首が痛くて、なんとか離そうと躍起になるが、力ではかなわない。

「話があるって言ったでしょ？」

そう聞いて少し安堵《あんど》した高城は、ようやくおとなしくなった。

「なんだよ、話って」

常磐はジッと高城を見下ろして、それから諭すように言った。

「今からでも遅くはありません。正式にウチに移籍しませんか？」

いきなりのヘッドハンティングに、高城は驚きを隠しきれない。

「……は？　なんのためにだよ」

「我々が開発するであろう新しい光ディスクの規格を、米国のヴィンテル・ソフト社に認めさせるためです」

「え？　なんだって？」

「私がこの話をジェイウッドに持ちかけたのは、単に両社で新製品を開発するためだけではなく、米国最大のソフトメーカーに規格化の主導権を握らせないためです」

あまりにも壮大な計画に呆然とする。

「とはいえ、これから先、ソフトとのタイアップを図らなければ製品は売れない。私はそれを見越し、同じ危機感を共有する貴社と手を結んで、対ソフトメーカー策を選んだというわけです」

「それ……スゴイ構想だな」

たしかに常磐の攻撃的な経営手腕と、目のつけどころには感服する。

もしヴィンテルがこの規格に賛同し、高城の作る光ディスクをハードに搭載することができれば、その利益は想像をはるかに超えるだろう。

常磐がそこまで先を睨んでいたことを知って、高城は感動に近いものを覚えていた。

「お前……スゴイなぁ」

純粋に素直に賛辞を口にする。

「ですからサイクロン社には、あなたの明晰な頭脳が必要なんです。それに高城さんが望めば、どんな研究施設の建造も費用は惜しみません。いかがです？」

でも、それとこれとは話が別だ。

「いらないって。今の環境で俺は充分満足しているんだ。それに、自分にとって過剰に恵まれた環境ってのは、精神の腐敗を招く」

高城らしい理屈に、常磐は肩をすくめる。

「設備の整ったサイクロンに来れば望むような成果があげられないということですか？」

「違うよ、そうじゃない。俺は大きいものに最初から従属するような生き方は嫌なんだ。自分の力でどれだけ新しいものを生みだせるかを試したい。そして社会に貢献したい」

真面目な顔で高城は断言した。

「また、熱血なあなたらしい答えですね。何度もお誘いしましたが、本当にこれが最後ですよ。どうぞ我が社に移籍してください」

「そっちこそ、何度同じことを言わせるんだよ！」

「高城さん、あなたが必要なんです」

真摯《しんし》な瞳で告げられて、妙な気分になる。

「俺、そういうお前の強引なやり方が嫌いなんだ。金で優秀な人材を集めるなんてのは誰でもできることだろ？　それより、大切なのは優秀な人材を育てることじゃないのか？　お前は、なんでそんなに俺にこだわるんだ」

「……知りたいですか？」

男の眼がなにか含んだように閃《ひらめ》くと、高城はあわてて首を振る。

「いらないよ。別に、そんなこと知りたくないけど。あ！　もしかして…俺と一緒に砂奈も引き抜きたいってことか？　違う？」

常磐はがっかりしたようにため息をつく。

「あなたは昔から、いつも私には容赦なく冷たいですね。でも、これだけお誘いしても聞き入れていただけないなら仕方ないですか」

妙に、引っかかる発言。

「……仕方ないって、なにがだよ？」

「いいえ、こっちの話です。あなたが今日、最後の移籍の話を断ったこと、後悔しないでください よ」

つかまれたままの腕が熱を持っていた。

「後悔なんかするかよ！　もういいだろ。放せって！」

高城は今度こそ乱暴に腕を振りほどく。

「高城室長。あなたはナゼ、そんなに私を避けるんですか？」

「簡単だよ。嫌いだからに決まってる」

スルリと答えると、常磐の目が一瞬にして怒りと哀《かな》しみの混ざった色に染まった。

「ナゼ、嫌いなんですか？」

「ナゼって、そんなのたくさんありすぎて、一口では言えない」

言葉にしたあと、言いすぎたと思った。

ところが、いつもの常磐なら嫌味の一つでも返ってくるはずなのに、今日の彼は思いの外、暗い顔をして押し黙っている。

「……高城室長」

「え？」

名を呼ばれた直後、いきなり動いた常磐に両肩をつかまれ、会議室の壁に身体ごとぶつけられる。

「ッ……！」

「よく聞いてください。この私を嫌いだと言ったこと、必ず後悔させてあげますから」

男の逞しい肉体がキツく密着してくる。

「う……常磐、息ができないって」

胸を身体で押さえつけられ、苦しくて思わず目を閉じてしまったが、

「玲司」

名前を呼ぶ声とともに息が唇にかかって、ハッと目を開けた。

眼前、わずか数センチの距離に、精悍《せいかん》な男らしい顔が近づいている。

「な……に」

緊張して、ゴクリと喉《のど》が鳴った。

まるで蛇に睨まれた蛙《かえる》のように、皮膚の表面が緊張でピリピリした。

「いいか玲司、よく聞け。いつか必ずお前を、俺の足元に跪《ひざまず》かせてやる。その時は、泣いてもわめいても絶対容赦しない。覚悟しておけ」

笑みをたたえたままの常磐に信じられないような暴言を浴びせられ、全身が硬直する。

その時の常磐の眼は、今まで見たこともないほど危険な色を放っていた。

それに、一度として聞いたことのないような乱暴な言葉遣い。

普段の紳士的な彼とはまるで別人だった。

だが、やがて彼のこの言葉が現実になることなど、この時の高城は知る由もなかった。

それから一ヶ月ほどは、まるでなにもなかったように日常が過ぎ、常磐は仕事以外で高城に話しかけることもなかった。

落ち着いて開発に専念できると、高城も密かに胸を撫《な》で下ろしている。

新しい光ディスクの設計は順調に進んでいて、このままいけば、予定どおり製品化に漕《こ》ぎ着けそうだ。

残業を終えた高城は、アパートの近くに借りている月極《つきぎめ》駐車場に車を入れる。

大学入学と同時に、北海道の富良野から上京した高城は、それからずっとこの上野《うえの》のアパートに住んでいる。

その二年後に、同じT大に受かった妹もそのアパートに入り、それからはずっと一緒に暮らしている。

高城自身はどうかと思ったが、両親が女の一人暮らしは危ないからと泣きつき、無理やり可愛い娘を長男に押しつけたというわけだ。

そんな二人が住んでいるアパートは、たしかに年季は入っているが間取りは2Kだ。

もともと北海道で育った高城は、古くてもいいから広いところに住みたくて、そこに重点を置いてアパートを探した。

「ただいまぁ」

鍵を開けて玄関に入ると、パタパタとスリッパの足音がして妹の砂奈が駆けてくる。

「お帰りなさい、お兄ちゃん! 今日は先にお風呂《ふろ》に入ってくれる?」

砂奈は高城の自慢の妹だ。

器量よしでしっかりしていて、相手を思いやることのできる優しい性格をしている。

こんなふうに残業で遅くなる夜も、砂奈が夕飯や風呂の用意をしてくれているので、とても助かっていた。

もちろん、食事は交代で作る決まりにしているが、この頃は高城が残業続きなので、砂奈に任せっきりになっていた。

その分、朝食は早く起きて準備をするよう心がけている。

上京してきて二年間は一人暮らしで寂しい思いをすることもあったが、砂奈が来てからは家族のありがたさをしみじみ感じた。

風呂に入ってからキッチンのテーブルに座ると、いい匂いがしている。

「あ、今日は肉じゃがか? あたりだろ?」

高城がそう言って笑うと、砂奈がやけにかしこまった顔で前の椅子に座った。

「あのね」

「ん?」

「ちょっと…ごはんの前に話があるんだ」

砂奈はそう言ってお茶を出す。

「あぁ。なんだよ」

高城はゆげの立った熱い湯飲みを手にすると、お茶を一口すすった。

「実は……私。常磐さんと、結婚することにしたの」

まるで漫画みたいに、高城がぶっと煎茶《せんちゃ》を吹きだした。

「熱《あ》っち～！」

「もう、なにやってるのよ。お兄ちゃんったら」

「あぁ、いや。悪い」

テーブルやら手の甲にこぼれたお茶を布巾《ふきん》でふきながら、それでも動揺を隠しきれない。

今、砂奈はなんて言ったっけ？

「ごめん。もう一回、言ってくれないかな？　ちょっと、よく聞こえなかったんだ」

ははは…と渇いた笑いで頭を掻く。

聞き間違いだと信じたかったが…

「だから私ね、常磐薫さんと結婚することにしたの」

まるで天地がひっくり返ったような事態に、愕然《がくぜん》としてしまう。

ナゼ？　いったい、どういうことだ？

たしかに砂奈と常磐は同じT大経済学部の同期で、昔から仲のいい友達だった。

それはよく知っている。

でも、あくまで友達だったんだ。

それがなんで、いきなり……結婚ッ？

「お兄ちゃん。お兄ちゃ～ん？」

目の前で掌がヒラヒラしているのに気づいて、高城がハッと我に返る。

「聞いてる？」

「あ。あぁ……聞いた」

「もちろん、賛成してくれるよね？」

なんと答えればいいのか。

自分の中での、その質問の答えはノーだ。

それは、はっきりしている。

でも、結婚するのは砂奈自身で、常磐と二人で決めたことなら反対する理由はない。

「でも……ちょっと待ってくれ。急なことなんで、びっくりしているんだ。砂奈、もう父さんや母さんには話したのか？」

「ううん、実はまだなの。私ね、まずお兄ちゃんに一番先に話したかったから」

賛成するにしても反対するにしても、まずは確かめなければならない。

でなければ納得できないと思った。

高城は椅子から立ちあがると通勤鞄《かばん》の中をおもむろに探り、携帯電話を取りだして急いでサイクロン社の大代表にかけた。

「ねぇ、いきなりどこに電話してるの？」

今夜、アイツはまだ残っていたはずだ。

応対した保安員が、すぐに社長室に電話を繋《つな》いでくれる。

『はい。常磐です』

電話に出たのは秘書の篠原ではなく、常磐本人だった。

「話があるんだ。今すぐ会いたい」

余分なあいさつは抜きで、単刀直入に持ちかける。

『ずいぶん急ですね。でも、いいですよ？　では、今から私が言う店で会いましょう』

「いいよ。今すぐ会社に戻る」

『そんな愛想のないことを言わないでください』

「とにかく、今から家を出るよ。切るぞ」

『高城室長。あなたが私に会いたいんでしょう？　だったら私に従ってください。でなければ、お会いしませんよ』

なんて卑怯《ひきょう》な奴だと思ったが、常磐の性格は知りつくしている。

「わかったよ！　だったら早く店を指定しろ！」

大声で怒鳴ると、とても満足げな笑い声が電波を通して聞こえ、高城のイライラをさらに増大させた。

新宿《しんじゅく》駅で降りた高城は、指定された日本料理店に急いだ。

店に着いて名乗ると、もう常磐が待っていると女将《おかみ》に教えられ、奥にあるふすまで仕切られた個室に案内される。

「こちらです。どうぞ」

ふすまを開けると、すでに常磐は手前側の座椅子に座って待っていた。

「それでは、ごゆっくり」

軽く会釈をし、女将がふすまを閉めて出ていってしまう。

「高城室長、遅かったですね」

「なぁ、なんだよ…この部屋」

「知りませんか？　最近は個室のある店も増えています。ここなら誰にも邪魔されず、ゆっくり話ができるでしょう？」

そう言って優雅に微笑《ほほえ》む男を、高城はキッく睨む。

すでに卓の上には彩りの美しい豪華な会席料理が並べられていた。

「怖いなぁ。でも、あなたから誘ってくれるなんて初めてですね。とても嬉《うれ》しいですよ。さぁ乾杯しましょう。なにを飲みますか？」

「酒はいいって！　俺は話をしにきたんだ」

「ですが、まずは乾杯でしょう。それから料理をいただきながら、ゆっくりお話を」

「料理なんていいから、早く話をさせろって！」

相手を急《せ》かすと、常磐はため息をつく。

「そんなに急ぐ用件ですか？」

「とぼけるなよ。お前、俺がなんでここに来たのか、もう薄々感づいてるんだろう？」

「……砂奈さんとの、結婚のことですか？」

「それ以外、なにがあるよ！」

思わずテンションが高くなってしまい、高城は怒鳴り散らしたい気分を懸命に抑えた。

「やはり、その件ですか」

常磐は少し残念そうに見える。

「高城室長、知ってますか？　今、主導権が誰にあるのか。さぁ、わかったら楽しく乾杯しましょう。ここの地酒は美味《おい》しいんです」

常磐はあくまで穏やかな表情を崩すことなく、お得意の脅迫めいた言葉を吐いた。

「………わかったよッ」

どうやら、相手は簡単には話をしてくれそうにない。

砂奈との婚姻の話を聞くには、ゆっくり食事につきあう他ないようだ。

「さぁ、どうぞ」

とっくりを持って酒を勧められ、仕方なくお猪口《ちょこ》を手にする。

あまり酒に強くない高城は、ビールでさえ簡単に酔ってしまうのに、純度の高い日本酒はかなりヤバイ。

わかってはいたが、仕方なかった。

「では、私たちの新しい関係に…乾杯」

常磐はとても満足げにそう言うと、猪口をコツンと合わせてきた。

「新しい関係…って、なんだよ？」

怪訝《けげん》な目で、すかさず訊く。

「なにを野暮なことを。高城さんと私が、兄弟になるってことですよ」

「は？」

よく考えれば、常磐と妹の砂奈が夫婦になるということは、自分と常磐が義理の兄弟になるということになる。

「冗談だろ？」

このしたたかな男が自分の弟になるなんて……想像して、思わずゾッとした。

「なにが冗談ですって？　お義兄《にい》さん」

「うわっ、この馬鹿！　今度お義兄さんなんて呼んだらブッ殺すからな。いいか。俺はお前たちの結婚のこと、まだ認めてないからな」

本気で怒鳴ると、常磐はさも面白そうに笑っていて、ますますしゃくに障る。

「私たちの結婚に、なにかご不満でも？」

「大ありだよ！　なんでお前の結婚相手が砂奈なんだ。サイクロンの社長さまともなれば、相手なんて選《よ》り取《ど》りみどりなんだろ？」

「まさか？　そうでもないですよ。さぁ、もう一杯どうぞ」

高城は勧められるまま、酒を口に運ぶ。

もう、飲まなければ聞いていられない気分だったからだ。

「砂奈さんと私は、長い間とてもいい関係でした」

「知ってる。でも、友達だったろ？」

「ええ。たしかにそうです。でも私の周りに、彼女ほど純粋で優しく、聡明《そうめい》な人は現れませんでした」

常磐が手放しで自慢の妹を誉めたことで、高城もなんとなく気分はよくなった。

酒も入って緊張もいい具合にほぐれ、こんな時、男は案外ちょろいかもしれない。

「私ほどの地位と名声のある人間ともなれば、金目当てで言い寄る女もとても多くて、はっきり言って、もう辟易《へきえき》しているんです」

「砂奈は、そんな女じゃない！」

「もちろんです。それは私も七年間のつきあいで、よく存じています。彼女は本当に素晴らしい女性ですよ。私の真実も秘密も欠点も、すべて知って支えてくれると言った。彼女のような女性は、これから先もきっと現れないでしょう」

常磐のまなざしは真剣で、とても嘘を言っているようには見えなかった。

かといって、このまま安易に許してしまうのもしゃくで、高城はわざと現実的な話にすり替えてやる。

「あのさぁ、結婚したら、お前たちはどこに住むつもりなんだ？」

「そうですね。急なことなので、とりあえずは私の広尾《ひろお》のマンションに来てもらいます」

「え？　お前って今、一人暮らしなのか？」

「あなたが大学時代、私に言ったじゃないですか？　ハタチを過ぎたら、男は実家を出て自立するもんだって。忘れましたか？」

それはたしかに高城の持論だが、そんなことを常磐に言ったのだろうか？

「もう覚えてないよ」

「まぁ、それでも今はいろいろあって、実家に帰っていることも多いですがね。いずれは砂奈さんにも常磐の家に入ってもらうことになるでしょう」

「……」

「ただ、一つだけ断っておきますが」

「……なんだよ」

「我が常磐家は古風で厳格な伝統の残る家柄なんです」

大学時代、常磐の家が江戸時代の旗本だったという噂を聞いたことがある。

「だから多少、砂奈さんにはご苦労をかけるかもしれませんね」

でも、どちらかというと、砂奈は考え方の古風な女だ。

多少苦労はしても、上手くやれるとは思うが…

「お前さぁ、他にも女がいるんじゃないのか？」

常磐には、昔からいろんな噂があった。

「世間は面白がってさまざまな噂をたてますからね。でも、あなた自身の目で、なにか見た記憶がありますか？」

「………いいや」

悔しいが、本当に即答できる。

彼にはいろんな噂があったが、実際につきあっている女性というのを見たことがない。

ただ、砂奈とだけは長い間、友情で続いていると思っていたが…

気持ちがいつしか恋に変わったのか、それとも最初から本当は恋だったのか。

それは二人だけにしかわからないことだろう。

一人の男としての常磐は、この数ヶ月の仕事ぶりを見ていても、本当に立派な人間だと思う。

結婚に反対する理由はない。

ただ…

「絶対に、大事にしてくれるんだろうな？」

「ええ、もちろんです」

砂奈が常磐を好きなら、自分には止める権利はないとわかっている。

いくら個人的に常磐が嫌いだとしても、そこまで物わかりの悪い兄ではない。

「砂奈を…好きなんだよな？」

なんとなく、頭がアルコールでボ〜っとしてきたが、それだけは確認したかった。

「はい」

「本気なんだよな」

「ええ。神に誓って」

それからあとは、なぜかすっかり常磐と意気投合して、いろんな話をした。

本当に、こんなことは初めてだった。

「高城室長、私はこのプロジェクトに、サイクロン社のすべてを懸けていると言っても過言ではありません」

急にそんなことを常磐が言いだしたのも、もしかしたら酒が入っていたからかもしれない。

「あなたの作る新しい光ディスクは、必ず近い未来に、全世界を驚愕させるでしょう」

「おい、ちょっと…どうしたんだよ？」

普段から、常磐は高城の技術力を高く評価してくれていたが、今日は誉めすぎだ。

「別にどうもしませんよ。私は普段から思っていることを口にしているだけです」

「え？　あぁ、それは…ありがとう」

どうも調子が狂う高城だった。

現在、彼らが開発を手がけているのは、新しい記録方式の光ディスク。

最初に、常磐がジェイウッドに共同開発の話を持ちかけてきたのには理由があった。

誰もが知っているように、現状のビデオテープの記録時間は三倍モードで六時間。

画像の美しいＤＶＤでも最長で十二時間程度と短いが、今後はもっと長時間の記録ができる新方式の製品開発が渇望されている。

当然そこに注目した常磐が、ビデオテープやDVDなどを専門的に扱っているジェイウッドに目をつけ、製品の共同開発を持ちかけてきたというわけだ。

とはいえ、共同開発というのは表向きで、実質的には高城たちが技術提供をしているようなものだが、業界最大手のサイクロン社が提唱する規格の光ディスク商品が開発されれば、サイクロンから発売される製品のすべてにジェイウッド製の光ディスクが使われることになる。

ようするにこの共同研究は、双方にとって莫大な利益をもたらす開発なのだ。

「高城室長。私は本当に、いつも思っています。あなたは最高のエンジニアですよ」

こんなに正面切って賛辞を述べられるとかなり気味が悪いが、たしかに悪い気はしない。

「高城室長。この店のすぐそばに、落ち着いたバーを知っているんですが、これからいかがです？」

「え？　これから？」

いい雰囲気にうっかり流されそうになったが、そこは高城は冷静だった。

「あ〜、悪いけどやめておくよ。明日も仕事だし、もうそろそろ帰らなくちゃ」

「まぁそう言わず、せっかくなんですから行きましょう」

誘われて何度も断ってみたが…

結局は押しきられていた。

大事な大事な妹を、大嫌いな男に嫁にやることへの喪失感があったのか、今夜の高城は精神的に凹《へこ》んでいたようだ。

「ほら、行きましょう。砂奈さんを幸せにしてあげたいんでしょう？」

その上、またしても卑怯な常磐に、妹のことを盾にされて、結局は強引に連れていかれてしまったのだ。


そこから先のバーでのことは、はっきり言ってあまり記憶にない。

半ばヤケになっていた高城は、勧められるままにアルコールを飲んでしまったからだ。

ジンやウォッカ。それにウイスキー。

いろいろ飲まされて……

普段は口の悪い彼だったが、酒が入ると急に角《かど》が取れて素直で従順になってしまう。

すっかり酔わされた帰り、高城は送ると言う常磐の車に、強引に乗せられた。

「これ、なんていう車？」

足元のふらつく高城を支えるようにして先刻の日本料理店の駐車場に戻ると、常磐は車の助手席を開けて高城を座らせた。

「メルセデスですよ。ほら、大丈夫ですか？」

「乗っちゃダメだろぉ。お前、飲んでるし」

酔ってはいたが、まだそのあたりの判断はなんとかできる。

「大丈夫です。私は二軒目では、一滴も飲んでいませんから」

「へ？　そうだっけ？」

脳天気な顔で訊くと、常磐はなぜか困った表情でシートベルトを締めてくれる。

なんだか顔が熱くて、頭もフワフワして気持ちいい。

「優しいなぁ、家まで送ってくれるの？」

「えぇ、さっきそう言いましたでしょ」

でも、なぜか常磐の声が怖い。

「なに？　なんか、怒ってるぅ？」

「別に……あぁ～、もうッ。高城さん、その顔とか声とか、しゃべり方とか、なんとかなりませんかっっ」

相手が困った様子でなにか文句を言っていたが、常磐の車の助手席はとても広くて座り心地《ごこち》がよく、ついウトウトしてしまう。

「ウチの…アパートの場所、知ってる？」

「えぇ。着くまで眠っていいですよ」

「そうか？　じゃあ悪いけどそうさせてもらうよ」

やがて車が走りだすと、高城はシートベルトを外してリクライニングを倒し、そのまま引き込まれるように眠りに落ちていった。

「んッ……ッ」

熱くてやわらかいものに直《じか》に素肌を撫でられているような感触に、ふと目が覚めた。

「……ぇ？　なに？」

誰かが自分の上に覆いかぶさっている。

その上、ネクタイは抜かれ、ワイシャツのボタンが全部外れて綺麗にはだけられていた。

「じっとして、動かないでください」

嗄《か》れた声が頬にかかって、今度はいきなり唇をふさがれていた。

「んッ……！」

驚いて声をあげようと唇を開いた瞬間、濡《ぬ》れた熱いなにかが口の中にねじ込まれる。

まだ少しぼんやりしている高城は、それが舌だと気づくのに少し時間がかかった。

「ッ……誰？　ぁッ…誰ッ？　常磐？」

「ヒドいですねぇ。私を誰だと思っているんです？　それとも、別の男なんかと間違えたら、ここで絞め殺してさしあげますよ」

「ッ……！　え？　なに？　……んんっ」

常磐にキスをされていると理解したとたん、高城は猛然と暴れだしたが、覆いかぶさるように組み敷かれていて自由が利かない。

口の中に入った舌は我が物顔で動きまわり、逃げる舌を追いかけて追いつめ、絡みつく。

「んぁッ……ゃァ」

少し暴れたせいか、アルコールに侵された頭がまたクラクラしてくる。

「ほら。おとなしくして」

「なに？　なんでだよぉ。も…やめろって」

闇雲《やみくも》に暴れていると今度は後部席から引っぱったシートベルトを、いきなり手首に巻きつけられて頭上に固定されてしまった。

「え？　な…んで？」

両手の自由は完全に奪われてしまう。

「嘘だろ？　なぁ。どうして、こんな」

ピンチなのに思考がまとまらない。

「どうです？　男も女も変わらないでしょう？　肌を合わせれば、自然と身体は熱くなる」

「なに……や、ぁ！　よせって」

頭では拒絶しているのに、されている行為自体は少しも不快なものではなくて、高城の中に戸惑《とまど》いが広がる。

「舌を動かして。いい子だから」

そんな命令が聞こえると、ワケもわからず言葉に従ってしまう自分がいた。

「そう、上手ですよ。もっと舌を出して」

素直に言うことを聞くと、口づけはさらに深くなる。

感じやすい舌の裏側を舐《な》められ、そのまま上顎をくすぐるように刺激されると、なぜか押さえつけられた腰に熱が籠《こも》る。

「あぁ……もう硬くなってきましたよ？」

そう知らされても、なんのことだかわからない高城は、心地いい口づけに無意識に応《こた》える
ように舌を動かし続けていた。

二人分の唾液《だえき》が、組み敷かれている高城の口の中でいっぱいになり、飲みきれない液体が
あふれ、唇の端からツッと伝い落ちる。

「ん…ふ、ぅん」

「あぁ……高城さん。可愛い…」

薄くまぶたをあげると、常磐が信じられないくらい至近距離で優しく笑っている。

こんな満ち足りたような笑みを見るのは初めてで、不思議なほど鼓動が跳ねた。

「ぁッ……なに？　ぁんっ」

はだけられた胸の一点に刺すような刺激を感じ、思わず鼻にかかった声が漏れる。

自分の声だとは信じられないほどの、甘えた声。

「あぁ、なんて声だ。ダメだ。もう…ガマンできない！」

一転して怒ったような声が聞こえると、今度はスラックスのホックが乱暴に弾《はじ》かれ、ジッ
パーが引き下ろされる。

「え？　なに。ダメ。やめてッ……や」

熱の籠った性器を簡単にあらわにされて、羞恥《しゅうち》を感じる間もなく握り込まれる。

「は…ぅん」

それでも高城はまだ意識がはっきりしなくて、これが夢なのか現実なのか判別できないほど酒に飲まれていた。

「なぁ、なぁ常磐。これって……夢なの？」

一瞬、男の手が止まる。

「……ええ。夢ですよ」

少しの躊躇《ちゅうちょ》のあとに答えが返り、今度は乱暴にそれを扱《しご》かれた。

「嘘っ、だって……やっぱり、これは夢じゃないだろ？ ァ、ぁぁ。ん」

その衝撃をやり過ごそうと、初めて車外に目をやると、ここが見慣れたアパート前の駐車場だとわかる。

ようやく、これが現実だと気づいたが、身体は少しも言うことを聞かなくて…

「今は、なにも考えないでください」

ところどころ空いているスペースがある月極駐車場の一番奥に、車は止められていた。

「ダメっ、ダメだよ。こんな、ところで…」

この駐車場は周囲を高い壁に覆われていて、おそらくこんな深夜には誰も来ないだろう。

「大丈夫、人なんて来ませんから。ほら、少し集中して」

そうだとしても、こんなところで下肢を剝きだしにしてさわられているなんて！

わかっていても両手首がシートベルトで頭上に拘束されていて、どうしようもない。

「やぁッ……そんなところ、さわらないでっ」

「ナゼです?」

「だって、それ……気持ち悪いから」

「知らないんですか?　こういうのを、気持ちがいいって言うんですよ。言ってごらんなさい。ほら」

強めに性器を包んで扱かれると、なぜかクチュクチュと卑わいな粘着音がする。

「ぁッ……あぁ…んぅ。ヤダよっ」

「っ…高城さん。本当にたまらない声だっ。さぁ、気持ちいいと言ってみて。その声で」

「ぃヤ、イヤだッ……」

拒否すると、悪戯《いたずら》な手が離れる。

「やめて…そんなの……ヤダって!」

「今度はどっちのイヤだ…ですか?」

高城は頬を朱色に染め、恥ずかしそうに首を左右に振る。

「やめて欲しい?」

もう頭の回線がショートして、なにを言っているのかわからない。

「ん……ダメ。やめ…て。やめ、ないでぇ」

自分を組み敷く男が、満足げに笑う声にさえ感じてしまう。

「だったら、気持ちいいって言ってください。もっとしてって」

高城は相手の首にすがるようにしがみつき、その耳元に恥ずかしそうに吹き込んだ。

「お願い。もっと……して」

「気持ちいい？」

「ぁ…気持ち……いい」

まるでオウムのように、言われた言葉を無意識に反復させられていた。

今の高城は、アルコールのせいですっかり自制が利かなくなっている。

今頃思いだしても遅いが、いつも柚木に忠告されていた。

『高城さんは酔うと急に従順になるんですから、絶対に知らない男と飲んだらダメですよ。可愛いところを食われてしまいます』

そう言われるたび、馬鹿にするなと怒って柚木の頭を殴ったものだったが…

「あぁ、ダメ。もうなにも考えられない」

「それでいいんです。あなたを気持ちよくしてあげるだけですから、全部俺に任せて。前にもしてあげたでしょ」

「嘘……知らないよ」

「えぇ。翌日には、あなたはなにも覚えていませんでしたからね。だから今度のこともきっと都合よく忘れてしまうでしょう」

声には明らかないらだちが含まれている。

「どっちにとって都合がいいのか、高城さんにわかりますか？　間違えないでください」

そのまま男の手が器用に上下して、硬くなった性器を何度も何度も執拗《しつよう》に扱く。

「あ。もう…ダメ、ホントにダメだって」

わずかに残った理性をフル稼働して、縛られた手をほどこうと躍起になる。

「砂奈さん」

その時、男の口から不意に妹の名前がこぼれた。

「えッ?」

酔っているからなのか、常磐が自分を砂奈と呼んだのを聞いて、頭が一気に冴《さ》えた。

常磐は、俺を砂奈と間違えてる?

「あぁ、なんだ。そうか、そうなんだ」

だったらこの不可解な行為も納得できる。

「でも、たしかさっき…」

二軒目のバーでは、一滴も飲んでないと言っていたはずなのに?

もう、なにがなんだかわからない。

酒のせいで、高城は自分が今なにをしているのか、わからなくなっている。

「なぁ、砂奈を好きか?」

それでも身に触れられる手はあまりに優しくて巧みで、高城はぼんやりと訊いた。

「好きです」

「本気で愛してるか?」

その時、常磐は不意に高城の前髪を優しく掻き分け、額にある古い傷痕を撫でる。

そうしながら、甘やかに囁《ささや》かれた。

「ええ。もうずっと前から愛していますよ」

それならば、もういい。

「じゃぁ、幸せにしてやってくれ」

「はい。幸せにします。生涯をかけて、きっと」

ようやく納得した高城がゆっくりまぶたを閉じると、手の動きがいっそう激しく卑わいになる。

「ぁッ……ぁ、もうっ」

「イっていいですよ。ほら」

「ぅ…ッッ」

さんざん追いつめられて焦《じ》らされて、最後にようやく解放された。

徹底的にガマンさせられたあとの射精は、凄絶《せいぜつ》な快感を高城に与える。

ブルブルと痙攣《けいれん》するように全身が震えた。

その時、

「好きです」

甘すぎる囁きと同時に、額に温かいキスが落とされた。

携帯電話の呼びだし音で目が覚めた。

「あ〜、うるさいなぁ。なんだよ」

文句を言いながらもベッドの上で身を起こすと、頭が割れそうなほど痛む。

「ぅ〜、ズキズキしてるよ」

明らかに二日酔いの頭を押さえて目覚まし時計を確認すると、一気に目が覚めた。

「えッ！　九時！」

いつもの起床時間は、とうに過ぎている。

「わ、ヤバイって」

這《は》うようにベッドを下り、鞄の中から携帯を取りだして応答する。

「はい。もしもし」

『あぁ先輩、なにしてるんです。カゼでもひきましたか？』

相手は会社にいる柚木だった。

「ごめん柚木！　今すぐ家を出るよ。寝坊したみたい」

『は？　高城さんらしくないですね。体調は大丈夫なんですか？』

「あぁ。多分」

それにしても、昨日どうやって部屋に帰ったのだろう？

酔っぱらった自分を抱え、常磐がアパートまで運んでくれた？

でも、まったく記憶がない。

「柚木、今すぐ出るから」

『ええ。それはいいんですが…先輩、実は今、会社の前にマスコミが来ててスゴイんです』

「マスコミ？　なんで？」

『サイクロン社が、常磐社長と砂奈ちゃんの婚約のこと、今朝《けき》いきなり公式発表したんですよ。しかも式は一ヶ月後だそうです』

ずいぶん急なことだったが、昨日の夜、たしかに自分は砂奈との結婚を認めると、常磐に伝えた気がする。

『先輩、そんな話、知ってましたか？』

昨日聞いたが、まさに昨日の今日だ。

なぜ常磐は、それほど結婚を急ぐ必要があるのだろう？

「あぁ、まあ一応な。でも、たしかに急な話だよ。それにしても、なんだってマスコミなんかが会社に来てるんだ？」

「なに言ってるんですか。常磐社長は今や財界のプリンスですからね。狙《ねら》っていた女性も多いらしいですよ。だから、彼自身もですが、そんな彼を射止めた女性に関しても当然、注目が集まるわけです」

そのせいでサイクロン社前にはもちろん、相手の女性を突き止めたマスコミが、ジェイウッドの本社前にも来ているらしいと柚木は言っている。

「わかったよ。俺も裏門から入る。じゃぁ」

電話を切って急いでスーツに着替えながら、ふと気がついた。

自分がちゃんとパジャマを着ていることに。

「俺、昨日の夜は自分で着替えたのかな？」

それから高城は酔い覚ましになにか飲もうと思ってキッチンに入り、テーブルの上に砂奈の残したメモがあるのに気づいた。

『常磐さんが用意してくれた車が迎えにきたので先に出社します。お兄ちゃんを何度も起こしたけど起きないので、先に出ます。ごめんね』

どうやら、何度も起こしてもらっていたらしい。

でも、砂奈が車で出社したと知って、少しホッとした。

さすがは常磐だ。

そのあたりの気配りは抜かりない。

「あ～、それにしても、頭が痛いなぁ。今日、大丈夫か？　俺」

冷蔵庫を開け、アミノ酸飲料を一気に流し込むと、少し胃のあたりが落ち着いた。

それから通勤電車に乗ってからも、何度も考えたが、本当に昨夜《ゆうべ》の記憶がない。

常磐と一緒に個室で料理を食べたあたりは、まだ覚えている。

そのあとバーに誘われ、それから先の記憶がまったくない。

大学時代にも、常磐と一緒に飲みにいって何度かこんなことがあったが……

そのたびに後悔していたが、懲りずにまた同じことを繰り返してしまったようだ。

「このことは柚木には絶対内緒だな。言えばアイツ、すごく怒るだろうから」

常磐が絡むと、大学時代から柚木は人が変わったように怒るのだ。

普段は穏やかで優しい奴なのに、急に別人みたいに怖くなる。

まぁ、そんな柚木も男らしくて好感が持てると内心は思っているが…

高城がサイクロン社の前に着くと、報道関係の車が会社の前に何台も止まっていた。

報道記者の姿もけっこう見える。

「へぇ〜、マジでスゴイなぁ。常磐って、こんな有名人なのか」

そんな現実を目にした高城は、改めて常磐への世間の注目度を認識した。

「砂奈の奴、大丈夫なのかなぁ」

それからしばらく、砂奈は結納やら式場との打ち合わせやらで、毎日大忙しだった。

高城も結納の時は富良野の実家に帰省したり、妹のためにいろいろ動いた。

そして、アッと言う間に一ヶ月が過ぎていった。

明後日《あさって》に結婚式が行われるという夜。

一週間前にジェイウッドを結婚退職した妹と、高城は最後の夜を過ごしていた。

「なんかさ、決まってから早かったよな」

「そうね。アッと言う間だった」

幸せそうな砂奈が日に日に綺麗になっていく姿は、高城にとっても嬉しいことだ。

「でも、今でも信じられないよ。お前が常磐と結婚するなんてさ」

「兄さんは、昔から常磐さんのこと、好きじゃなかったもんね」

「え？　あぁ」

たしかに大学時代の高城は、常磐とあまり仲良くするなと砂奈に言ったことがある。

「それは彼自身からも聞いたわ。でもどうして兄さんはそんなに常磐さんが嫌いなの？」

理由を聞かれたのは初めてだった。

「別に……常磐が嫌いなんじゃなくて、俺は金持ちで傲慢な奴はみんな嫌いなんだよ」

そう言うと、砂奈は急に訴えるような目をして釈明を始めた。

「兄さんは彼を誤解してる」

「誤解？」

「常磐さんは本当はとても優しい人よ。でも、あの人の立場が表面上の彼を変えてしまっているると思うの」

「サイクロンの…社長であることが、か？」

たしかに常磐は去年、父である先代の社長が逝去したことで急に跡を継いだ。

「今は広尾にあるマンションで一人暮らしをしていてね、ほとんど外食をしているって。会社ではいろんな重圧に一人で耐えているけど、きっと寂しいと思うんだ。兄さんも知ってるでしょ？　彼のお母さんのこと」

それは結納の時に初めて知ったことだが、常磐の母は彼が幼少の頃に他界している。

父は厳格な仕事人間で、ほとんど家庭を顧みなかったらしく、存命している高齢の祖母も常磐を子供の頃から厳しく育てたらしい。

家族としての繋がりや愛情の乏しい環境の中、常磐は使用人や家政婦に囲まれ、父に徹底した帝王学を教え込まれて成長したのだ。

「あの人にはね、誰かそばにいて支えてあげる人が必要なのよ。だから私が、せめて温かい朝ごはんを作ってあげたいの。帰ってきたら笑ってお帰りなさいって言ってあげたいの」

妹からそんな話を聞くのは初めてだった。

少し複雑な心境だったが、言葉の中に含まれた砂奈の常磐への優しい感情を、高城は信じたいと思う。

「うん、わかった。砂奈……がんばれよ」

自分が思っていた以上に、妹は包容力のある大人になっていたようだ。

子供の頃から、ずいぶんお兄ちゃんっ子だった甘えん坊の砂奈。

それが結婚するなんて信じられないが、今は心からの祝福を贈りたい。

絶対に幸せになって欲しかった。

「ねぇ、兄さんはどうなの？」

「え？」

「ほら、あの…三波響子《みなみきようこ》さん」

「あぁ」

三波響子というのは、高城とゼミが一緒だった同級生で、大学時代、唯一仲良くしていた女性だった。

彼女も今は、米国の企業に就職している。

「時々メールの交換はしているけど、それだけだよ」

彼女とは男女の仲ではなかったが、たしかに高城のこれまでの人生の中で一番、近い位置にいた異性の理解者かもしれない。

「そうなんだ……あの、兄さん」

「ん？」

砂奈は急にかしこまった顔で頭を下げた。

「上京してきてから今まで、いろいろありがとう。本当に感謝してる」

「おい、やめろよ。そういうの苦手なんだ」

高城は照れて困る。

「うん、そうだね。でも兄さん。これから先、なにがあっても私を信じていて欲しいの」

「え？」

最後の言葉はなぜか少し引っかかった。まるで、これから起こることを暗示しているようだったが…

「あぁ、幸せにな」

翌日、高城家の父母が北海道から上京し、家族水入らずで食事をした。

その夜、明日の花嫁となる砂奈は、式を挙げるホテルで父母と一緒に泊まった。

そして……結婚式当日の朝。

まるで神隠しにでも会ったように、忽然《こつぜん》と花嫁が消えてしまったのだ。

いつまでも部屋から出てこない砂奈を心配した父母が、ホテル側に連絡して部屋を開けさせた時、テーブルの上に一枚の走り書きが残されていた。

『少しだけ時間をください。必ず帰ってきます。ご迷惑をかけてすみません』

本当に短い手紙だった。

そんな事態をなにも知らない高城が早めに式場に着いた時、血相を変えた父母に、その置き手紙を見せられた。

「嘘だろ？」

にわかには、信じられなかった。

あの責任感の強い砂奈が…なにかの冗談かと思ったが、どうやらそうではないらしい。

どうしたらいいのかと父母と相談していた時、ちょうど常磐の秘書である篠原が花嫁の部屋にあいさつに訪れてくれた。

高城はすぐに事情を話し、今日の式を中止してもらうように願い出たが、篠原は少し考えてから家族を前にしてこう言った。

「ご存じのように、今日の常磐家と高城家の挙式にはマスコミも経済界もとても注目しています。我がサイクロン社としても現社長の結婚とあって、社を挙げての祝賀なのです」

淡々と語る篠原の言葉から、ことの重大さが次第に伝わってくる。

「高城さん。厳しいようですが、よく聞いてください。その常磐社長が結婚式の当日、花嫁に逃げられたとなっては、我が社の沽券《こけん》にも関わることです」

厳しい言葉で重圧をかけてくる篠原に、高城の父母はすっかり小さくなっていて、たまらずに高城が妹を庇った。

「でもっ、砂奈は必ず帰ってきます。ちょっとなにか理由があって不安になったんでしょうが……だから、もう少し待ってください」

その言葉に、篠原はしばらく腕を組んで考えていたが、ややあってこう言った。

「では高城さん、こうしましょう。必ず花嫁が帰ってくるというのなら、しばらく誰かに替玉になってもらえばいい。幸い新婦の砂奈さんは一般人で顔も知られていない。式さえすめば、しばらくごまかせるでしょう」

「え？」

高城自身も父母も、とても驚いた。

だが、篠原の言うとおりかもしれない。

サイクロン社と常磐社長の面子《メンツ》を保つのが先決なら、たしかに式の間だけ、代役を立てればいいのだ。

そして砂奈が戻ってくれば密かにすり替えて、元どおりということになる。

砂奈にとっても、不名誉な事実を残さずにすむ。

「たしかにいい考えかもしれないけど、そんな都合のいい身代わりなんか、急に見つかるでしょうか？」

両親たちが困惑する中、篠原はゆっくりと高城に向き直った。

「社長自身のことをよく知っていて、会社のことにも理解がある。秘密を厳守できて、見た目には替玉だとわからない」

最後の言葉を聞いて、父母の視線が一瞬にして息子に向く。

「は？　なに？　まさか…冗談だろっ？」

視線の意味を理解した高城が、血相を変えて手を振った。

「だって……俺、男だぞ？」

篠原は、それにも厳しい反論を返す。

「花嫁がすぐ帰ってくると断言したのは高城さんご自身でしょう？　それは砂奈さんが明日にも戻ってくるかもしれないってことですよね？　だったら式の間の少しの辛抱です」

信じられない展開だが、その時、傍らで聞いていた母は、息子の手をつかんだ。

「ねぇ玲司、きっと砂奈は少しナーバスになっているのよ。きっとすぐ帰ってくる。だから今日だけ、代わりをやってあげなさい」

母は笑みさえ浮かべて説得に乗りだす。

元来、アバウトで楽観的な気質の両親は、娘可愛さで、篠原の案にすぐ同意した。

物事は、なるようになる…というのが彼らの持論らしい。

それでも結婚相手に対し、娘がしでかしてしまった信じがたい不義理を申し訳ないと思っていることも事実だった。

「玲司は昔から砂奈と瓜二《うりふた》つなんだから、ここは常磐さんの顔を立てて協力しなさい！」

父も高城の背中をバシッと叩《たた》いて言った。

「でもっ」

「高城さん、我がサイクロン社がとてもブランドイメージにこだわっていることはご存じですよね？　それに、我々がジェイウッドさんの株の多くを所有しているのをお忘れなく」

天下のサイクロン社に逆らえば、ジェイウッドなど簡単につぶされるということだ。

「だけどっ…いくらなんでもバレるって！　どっから見ても俺は男なんだから」

「いいえ。高城さんは可愛いし、充分、女に見えますよ。声だって大学時代、カナリアボイスと呼ばれていたんでしょ？」

おそらく常磐に聞いたのだろうが、篠原は高城が言われたくない誉め言葉を連発する。

「男に可愛いとか言うなって。それに、常磐にはなんて言うんだ？」

「とにかく今は時間がありません。実は社長は朝から突発の仕事が入り、M物産の重役と会議をしておられます。それが終わればこのホテルに直行されることになっています」

本人の挙式当日まで会議だなんて、分刻みのスケジュールとはいえ、社長稼業も大変なのだと高城は改めて気の毒に思った。

「アイツも大変なんだな」

「ですから、社長には式が終わってから、私がキチンと話をします」

「でも、途中で絶対バレるって」

「たとえバレても、常磐社長は常に沈着冷静なお方です。どんな局面でも上手く対処なさるでしょう」

「うー」

高城は躍起になって逃れる理由を探すが……

「あと……そうだ！　俺自身の代役は？」

「花嫁の兄は、連日の研究による過労で倒れてしまい、今日は自宅療養ということで」

篠原は、あくまで冷静にまとめる。

「他に、なにかご心配でも？」

「玲司、これはお前にしかできないんだ」

両親からも頭を下げられ、高城にはもう逃げ道はなかった。

結局、最後まで渋ったが説き伏せられ、花嫁衣装を着ることになった。

着付けやメイク担当には当然バレるだろうということで、そこは篠原が抜かりなく祝儀を弾んで口止めをした。

実はこのホテルにもサイクロン社の息がかかっているということで、細工など造作なかったようだ。

そして最後に、篠原は念を押すように忠告した。

「いいですか、もちろんこのことは他言無用に願います。高城さん、上手に花嫁を演じてくださいよ。もし式の途中でバレて台無しになったその時は、覚悟してくださいね？」

これは絶対に脅迫だと、高城は心で叫ぶ。

「玲司、女らしくふるまうのよ！　とにかく、バレそうになったらずっと下を向いてなさい。その方が慎《つつ》ましいと思われるから！」

母親の実にためになる助言に、高城は大きなため息を落とした。


式は、純日本式の神前婚だった。

高城は白無垢《しろむく》姿で式に臨んだが、幸いにして顔のほとんどが白いかぶり物で隠れてしまうので、親族でさえ気づくこともなかった。

両家親族の紹介があって、そのあとで神主が祝詞《のりと》を読みあげ、いよいよ三三九度の盃《さかずき》。

砂奈は事前に予行をしていたようだが、高城自身はまったくやり方がわからない。

神主がまず先に、常磐の手にある盃に酒を注《つ》ぐのを高城は横目で盗み見た。

（うわ～）

不本意だが密かに胸中で叫ぶほど驚いた。

たしかに常磐はカッコイイと、大学時代も社会人になってからも周囲から嫌というほど聞かされてきたが、自分自身でそう思ったのは初めてだったからだ。

長身の常磐には、家紋の入った黒い紋付き袴《はかま》がとてもよく似合っている。

衣装のお陰かもしれないが、横顔が妙に凛々《りり》しくてカッコよく見えた。

(なんか、別人みたいだよなぁ…コイツ)

すると常磐は盃を二回傾けてから、三回目に酒に口をつけていた。

次は自分の番だからとジロジロ見ていると、視線に気づいた常磐がこっちを向く。

(うわ！　ヤバイ)

そう思ったがすでに遅く、完全に目が合ってしまう。

瞬間、常磐は明らかにハッとした。

もちろん、他の誰にも気づかれない程度にだが。

(どうしよう。マズイって〜)

絶対に気づかれたと思ってうつむいたが、新郎からは特別な反応もなかった。

(あれ？　気づかなかったのか？　それとも、知らんぷりしてくれてる？)

頭でいろんなことをグルグル考えていると、なんと神主は常磐に渡したのと同じ盃を花嫁に差しだす。

(えっ？　なに？　まさかこれで飲むの？)

少し驚いたが、ようするに普通の男女なら、これが夫婦として最初に同じ盃の酒を酌み交わすという固めの盃なのだろう。

努めて冷静に、高城も盃を二回傾けてから三回目で口をつけた。

緊張続きの式が終わると、いよいよ披露宴が待っていた。

ここから先は招待客が増えるので、高城も細心の注意をしようと思っている。

式での着物もキッかったが、ドレスの着付けはさらに衣装係の婦人にコルセットで腰を締めつけられ、実は今も息が苦しい。

純白のドレスは、わざとネックの高いもので、上手く首を隠せるように衣装係が変更してくれたようだ。

最後に花で縁取られた白のベールをかぶる。

レース一枚のことだが、顔が少しでも隠れると気休めだろうがホッとする。

着替えが終わって廊下を歩いていると、たまたますれ違った若い女性に、

「うわぁ花嫁さんだ。綺麗ね～」

「ホントぉ、ウエスト細いなぁ」

なんていう誉め言葉をかけられ、顔が赤くなる。

(え～、マジかよ？　でも、俺が男ってこと、女が見ても気づかないみたいだし……これなら、なんとか招待客もごまかせるかな？)

少し安堵したところで披露宴が始まった。

まずは新郎新婦の入場があったが、このホテルで一番広いホールに集まった各界の要人たちの前を歩く高城の緊張は頂点に達した。

そして宴《うたげ》は順調に終わり、退席する出席者一人一人に、新郎新婦が並んであいさつをする。

すべての予定が無事終了し、ようやく安堵した高城は、介添えの老女に連れられて衣装室

に戻ろうとしていたが、そこで急に記者たちに囲まれてしまう。

「週刊富士《ふじ》です。すみませんが、新郎新婦でご一緒のところを、ぜひ一枚お願いします」

見ると常磐はすでに囲まれてフラッシュを浴びていて、そこに強引に連れていかれた。

「常磐社長。このあと記者会見もないということなんで、ぜひ写真だけでも！」

高城はドレスが苦しくて苦しくて、もう一刻も早く脱ぎたいのをガマンして歩く。

周囲には常磐の友人や、おそらく砂奈の友達など多くの見知った顔もあった。

いつバレるか本当に気が気ではなかったが、誰も気づいている様子はない。

「砂奈〜、幸せになってね！」

そんな声が遠くから聞こえる。

結局常磐と並んで何枚も写真を撮られた。

「すみませ〜ん。ちょっとキスなんかしていただけたら絵になるんですがねぇ」

調子に乗った記者が、サラッと無茶な要求をしてくる。

当然、常磐は相手にもしていなかった。

（あれ？）

その時、ふと鋭い視線に気づいて目をやると、友人たちに混じって、こちらを見ている柚木の姿があった。

（ぁ……）

彼はいかにも不審げな目つきで高城を見ていて、どうやら彼には自分が替玉であることが

バレていると直感でわかった。

あわてて常磐を見ると、偶然かもしれないが彼も柚木の視線に気づいたようで…

「社長、頼みますよ。フリだけでけっこうなので、キスしてくださいよぉ」

しつこい記者の要求に、最初は相手にもしていなかった常磐だが、なぜか急に態度を変えて言った。

「かまいませんよ」

彼が承知したことに大いに驚いた高城が、相手を睨むように見あげると、そのまま紳士的な仕草で顎をつかんで持ちあげられる。

「え？　え？　嘘っ？」

思わずそうつぶやいた唇を奪われていた。

しかも、こんな公衆の面前で。

その上、唇が触れた瞬間、恐ろしいほどのフラッシュがたかれる。

マジかよぉ～！

友人たちからは、はやし立てる声や口笛があがった。

もう、信じられなかった。

フリだけでいいと記者も言っていたのに、なにも本当にキスしなくても！

「うッ……ん！」

その上、信じられないことに、常磐はいきなり舌まで入れてきた！

ウソだろぉ！　こんなディープキス！

なんで俺がこんな破廉恥なことを～！

さっき常磐に、花嫁の正体が実は俺だってこと、バレてなかったのか？

もう、なにがなんだか、頭が真っ白でわからない。

「……どうした？」

ようやくキスがほどけると優しい声で問われ、泣きそうな気持ちで首を横に振る。

はやし立てる周囲の祝福の嵐《あらし》の中、高い靴音が聞こえてハッと顔を向けると、柚木が背中を向けて歩き去る姿が見えた。

（柚木……！）

彼に嘘をついたことが切なかった。

結局その日、高城は母親の助言でずっと伏し目がちではいたが、常磐が花嫁の正体に気づいているのかどうかはわからなかった。

それでも、なんとか予定のすべてが終了し、高城はようやくお役ご免となった。

予定されていた二次会は、花嫁の気分が悪くなったという理由で、もちろんキャンセルされたのだ。

披露宴終了後、牧場経営が忙しい父母は、娘の代役になった不憫《ふびん》な息子のことを多少は気にかけながらも、「そのうち砂奈も帰ってくるさ」といかにも彼ららしい楽観的観測を残し、アッと言う間に機中の人となった。

それから新婚旅行については、常磐が直轄するプロジェクトが成功してからと最初から決まっていたので、その夜は二人でホテルのスイートに泊まることになっていた。

式の後、ようやく着替えをすませて本来の姿に戻った高城を、篠原が待っていた。

「高城さん、ご苦労様でした。どうやら誰にも気づかれなかったようで、替玉花嫁作戦は大成功です」

「うん。なんとか乗りきったけど、マジで緊張しっ放しだったんだぞ！　でも…常磐本人にはバレてたかもしれないんだ」

そんな気はするが、でも、もしバレていたらキスなんかするだろうか？

いや。アイツは花嫁が替玉だとわかっていても、演技でキスくらいできる男だ。

「それで、常磐には砂奈のことを話してくれたんだよな？　どうだった？　アイツ、ショック受けてなかったか？」

「いえ、実は……大変申し訳ないんですが、社長にはまだ詳細を話していないんです」

「え？　嘘。だって……披露宴が終わったらキチンと話すって、篠原さんが式の前に…」

「ええ。もちろんそのつもりでいましたが、私も招待客へのごあいさつやらいろいろありまして、時間を取れなかったんですよ」

「マジで？　じゃぁ、どうするんだよ」

篠原は少し考えたあと、整理するように話し始めた。

「さっきの質問の答えですが…そうですね。高城さんがお察しのとおり、社長には花嫁が替玉だということは、おそらくバレています」

「……やっぱり」

「高城さん、すみませんが今から社長に直接話をしにいっていただけませんか」

「は？　冗談だろ？　俺一人でか？」

「私はこれから、まだ仕事があるんですよ。それに、あなたが今日の花嫁でしょ？」

「花嫁って！　それは違うだろッ」

篠原は眉をひそめて困った顔で訴える。

「ねぇ高城さん、式の前夜に逃げだしたのは、いったい誰の妹さんでしたか？　常磐社長はああ見えて傷つきやすいタイプなんです」

常磐が意外と繊細なのだということは、妹からも聞かされていたが…

こうなったらもう、乗りかかった船だ。

潔く腹をくくるしかない。

「わかったよ。俺が一人で行ってくる。たしかに妹がしでかしたことだし。ちゃんと話して頭を下げてくるよ。で、常磐はどこ？」

承諾を示すと篠原が満面の笑顔で言った。

「本来はこのホテルのスイートに宿泊予定だったんですが、ナゼかマンションに帰ると言われて……あとで詳細を説明しに花嫁の兄をよこせとおっしゃっているんです」

「は？……なんだよそれ」

どうやらすっかりバレていて、最初から高城自身が謝罪に行く筋書きになっているらしい。

「あぁ～、そうかよ。もうわかったって。じゃぁ今から行って謝ってくるよ」

もうヤケクソに近い。

「はい、ありがとうございます。それでは、私がマンションまで道案内をしますよ」

「それは助かる。でも俺、今日は車なんだ」

「では、私も同乗させていただきます」

助手席に篠原を乗せた高城のジープは、十五分ほどで常磐のマンションに到着した。

運転席からチラッと見あげるが、それは都内の一等地に建てられた高級マンション。

篠原の指示で地下の駐車場に入る。

「高城さん、あそこに社長のメルセデスが止まっているでしょう。その横の８０１に入れてください」

指示どおり車を止め、二人でマンションのエントランスに入る。

当然セキュリティは万全で、中に入るには暗証番号が必要だった。

「えっと、常磐の部屋は何階？」

「最上階です」

「最上階の何号室？」

「最上階全部です」

「は?」

驚いて篠原の顔を見あげたが、どうやら最上階すべてが常磐の部屋という意味らしい。

「はぁ～、金持ちのことは俺にはよくわからないけど、マジで世界が違うって」

「ロック解除の暗証番号は67935です」

「うん。わかった」

「では、私はこれで」

本当にあっさり言われる。

「あっ、ちょっと待って。なぁ篠原さん。悪いけど、せめて部屋まで一緒に来てよ」

「すみません。さっきも申しましたが、私は今から仕事があるんです」

「仕事って? こんな時間から?」

不思議に思って訊いてみる。

「実は私、夜は新宿のイメクラ店の店長をしていまして…どうぞ、これが名刺です。よろしければまた一度、常磐社長とご一緒に遊びにいらしてください」

「は? なに? いめくら?」

手の中にピンク色の名刺を残して身を翻す篠原の姿を、高城は唖然《あぜん》と見送った。

エレベーターを最上階で降りると広いホールがあって、その先にはたしかに立派な門と扉が一つしかなかった。

「なんか、スゴい緊張するんだけど……」

それでも気合いを入れ、襟を正してからチャイムを鳴らした。

『はい』

まるで待っていたかのように、すぐに返事が聞こえる。

「あの…実は」

なんと言えばいいのか、言葉に詰まった。

『ずいぶん遅かったじゃないか？　花婿をいったい何分待たせる気だ！』

「え？」

ドアホンごしにいきなり怒鳴られ、その反応から、すでに自分が替玉花嫁を演じていたことを相手が知っているとわかる。

しかも彼は、とても怒ってる。

それにしても、にわかに気になるのは、常磐の言葉遣いだった。

もしかして、砂奈には普段からこんな偉そうに接しているのだろうか？

考えていると、玄関のドアが開いた。

当然だが常磐はすでに普段着に着替えていて、「入れ」と短く命じてくる。

すぐに彼の雰囲気がどこか違っていると感じたが、それは常磐の髪型のせいかもしれない。

会社では軽くうしろに流されている前髪が、今は自然に落ちていて、それが常磐の瞳にもかかっている。

髪から透けて見える男の表情は冷たく凍《い》てついていて、目つきのあまりの鋭さにゴクリと喉が鳴った。

どうやら彼は相当怒っているらしい。

でも、それだけのことを砂奈がしたのだと身に染みて感じた。

玄関に足を踏み入れると、そこは信じられないほど広いスペースになっている。

壁には抽象画がかけられていて、大きな花瓶にはオブジェのような無機質な造花が飾られている。

「こっちだ」

そのまま常磐について広い扉をくぐると、三十畳はあるような広いリビングがあった。

指で示され大きなソファーに座ると、男はその向かいに長い足を組んで座った。

「あの……ごめんッ！」

高城はいきなりその場で頭を下げた。

「実は今朝、砂奈が急にホテルの部屋から姿を消したんだ。これが置き手紙で…」

そう言って、ポケットから紙切れを出して机の上に置く。

常磐はそれにチラリと目を走らせただけで、まるで興味がなさそうに視線を外した。

「で、お前が砂奈の身代わりになったのか？」

年下の男に『お前』呼ばわりされたことにムッとしたが、今はそんなことに文句を言える立場にないと気づく。

「あの…その。どこから、俺が花嫁の替玉だって気づいてた？」

「さぁな」

だが常磐は思ったよりショックを受けている様子もなく、冷静に真実を聞いている。

いや。おそらく沈着な彼のことだから、動揺を顔に表さないようにしているだけかもしれないが…

「でも、安心してくれよ。砂奈は必ず帰ってくる。この手紙にもそう書いてあるだろ？　アイツは人を簡単に裏切るような奴じゃないんだ。きっとなにかワケがあって…」

高城は懸命に妹を庇う。

「そうだ。常磐は砂奈が失踪《しっそう》した理由に、なにか心あたりがないか？」

「あるわけないだろう」

冷たく言い放つと、常磐はテーブルの上に置かれたシガレットケースから煙草《たばこ》を一本抜いて、ゆっくり火をつける。

「で、本題に入らせてもらうが」

威圧的な目で見られると、背中がゾクリと震えた。

次の言葉を待って、掌をキツく握る。

「お前の妹が俺を裏切った代償については、どうしてくれる？」

「え……？」

予想どおり、お得意の脅しが始まった。

「それに、結婚式や披露宴でまで俺を騙《だま》そうとした罪は、どうやって償ってもらおうか？」

「……償いって」

たしかに彼を裏切って傷つけたのは、自分の妹だ。

幸せの絶頂となるはずの、めでたい結婚式当日に、花嫁に逃げられる夫の気持ちを考えると、さすがになにも言えない。

「お前たち兄弟は、二人して俺を騙した。これは詐欺罪で訴えられても文句の言えない重大な犯罪行為だ。わかっているのか？」

「……わかっているよ」

今さら、自分が取った行為が迂闊《うかつ》だったと気づく。

「でも、砂奈は責任感の強い女なんだ。ちゃんと帰ってくるよ！」

「さぁ、そんなこと信じられるか？　だったら、俺は具体的にいつまで待てばいい？」

「……それは、わからない。でも、なぁ常磐。できれば世間には失踪のことを内密にしてもらえないだろうか？」

実に虫のいい話をしている自覚はある。

「そこまでして妹を庇うのか？　素晴らしい兄弟愛だな」

砂奈は大事な妹だ。傷つけたくない。

「頼む」

高城は頭を下げた。

「まぁ……そこまで言うなら、俺はお前の言葉を信じて、しばらくこのまま結婚したフリをしてやってもいい」

「え？　本当か？」

「あぁ。このまま芝居を続けてやるよ」

それなら、砂奈がいつ帰ってきても傷つくことはないだろう。

「ありがとう！　ホントにありがとう」

高城はようやく安堵の息をついた。

「ただし。言っておくがその代わり、お前にはしばらく妻の代役を責任を持って演じてもらうから、そのつもりでいろよ」

「は？　なに…代役って。今日だけじゃ…」

「では一つ訊くが、実際に俺と高砂《たかさご》の間で三三九度の盃を交わした相手は誰だ？」

「……それは、たしかに替玉の俺だけど」

仕方なく認めると、常磐はまるで勝ち誇ったような満足げな笑みで紫煙を吹いた。

「そうだ。お前自身だ。だったら、しばらくの間、俺の妻はお前だ」

「妻って……なにを、すればいいんだ？」

「家事のすべて」

「嘘だろ？　だって俺には仕事もあるし」

「それは俺の知ったことじゃない。この偽装結婚も、お前自身が始めたことだろう？　だったら当然二役を買って出るということになる。俺の妻の代役と、サイクロンのFプロジェクト室長である高城役の両方だ」

「……っ。そんな、無理だよ」

「それと、さすがに家政婦や使用人の大勢いる実家には戻れないから、しばらくはこのマンションに同居させてやる」

信じられない要求だったが、どうやら選択肢は二つに一つのようだ。

砂奈のためには要求を飲む他ない。

「わかったよ。とにかく、やってみる」

たしかに二役は大変かもしれないが、結婚と仕事を両立している女性も大勢いる。がんばって、できないことはないだろう。

「……なぁ常磐、このマンションって、お前が一人で住んでいるのか？」

少し気になったので訊いてみた。

「あぁ。会社に近いから、前から時々利用していたマンションだ。でも最近は、ここから通勤していることが多い」

「え？　こんな広いところを時々だなんて、信じられない。賃貸料とか…高いんだろ？」

庶民な高城が恐る恐る訊くと軽く笑われた。

「そんな貧乏くさいことを言うな。俺の妻なら、望めばどんな豪邸も手に入る。さぁ、とにかく話は決まった。明日にはお前のアパートから荷物を引きあげるよう手配する」

「なにそれ？　そんなの無理だ！」

いくらなんでも急すぎるし、砂奈だってすぐ帰ってくるかもしれない。

横暴なやり方にだんだん腹が立ってきた。

「これはお前が始めたことだ。俺は今日、お前と夫婦《めおと》になったんだ。明日から妻と一緒に暮らしてなにが悪い？　それは夫の当然の権利だろう。それにいったん家に帰れば、お前の気が変わるかもしれないし、いらん助言を与える奴もいるだろうからな」

その時、常磐が誰のことを意識しているのか、頭に血がのぼった高城は気づけなかった。

「信じられない！　なんて傲慢な奴ッ！」

激しくなじったとたん、常磐はいきなり向かいのソファーから立ちあがってテーブルに片膝を乗りあげ、高城のスーツの襟首をネクタイごとつかんだ。

「ぁッ！」

「いいか、口を慎んでよく聞け。今から常磐家の家訓の一つを教えてやる」

「家…訓？　なんだよそれッ？　ここは江戸時代かよ？」

まだふざけた口調で茶化すと、そのまま恐ろしい力で引き寄せられ、今度は高城がローテーブルの上に乗りあげてしまう。

そのまま別人のような乱暴な男に、グイグイ首を締めつけられる。

「ぅッ……苦し」

息が上手く吸えなかった。

「少しおとなしく話を聞けないのか？　まぁ、この体勢なら悪態もつけないだろうがな」

「…くしょッ！　……ふざ…るなっ」

細い息をしながら、それでも声を絞りだしたとたん、信じられないことに、頬をいきなり平手で殴られていた。

「ぁぅッ！」

「聞こえなかったか？　俺は口を慎めと言ったんだ」

容赦ない力加減で殴られたせいで、口の中に鉄の味が広がっていく。

「俺の言葉には従うんだ。逆らうな」

「っッ……」

暴君と化した男は喘《あえ》ぐ高城に顔を近づけ、ゆっくりと肌に染み込ませるように説いた。

「常磐家は代々、妻は夫に絶対服従だ」

この男女同権の世に時代錯誤もはなはだしい。

「もし妻が夫に逆らえば、死ぬほど鞭《むち》で打たれてきた。それから田園調布《でんえんちょうふ》の常磐の屋敷には隠し部屋があって、妻が夫に従わなければ、そこに閉じ込めて折檻《せっかん》される。部屋の扉には外からかんぬきがされ、女は首輪で繋がれて許しを乞《こ》うまで監禁された。その部屋は代々、『鳥籠《とりかご》』と呼ばれていたよ」

首を締めあげる力はもうゆるんでいたが、常磐の爆弾発言に高城は声も失っていた。

「それから万一、俺を裏切るような行為が発覚すれば、お前を馬に犯させてやる」

すでに唇の色がなくなっている高城に、さらに常磐はつけ足す。

「もちろんこのマンションにはそんな隠し部屋はないが、一つだけ外鍵をつけた部屋を用意した。お前が俺に逆らえば、そこに閉じ込めて鎖で繋いで折檻するから覚悟しておけ」

ちょうど、その時だった。

高城のポケットに入った携帯電話が、不意に着信音を鳴らす。

「ぁッ」

ようやく常磐が突き放すように手を離し、高城は背後のソファーに尻《しり》から崩れ落ちた。

まだ息が苦しくて呼吸も細かったが、反射的にポケットから鳴っている携帯を抜く。

その瞬間、常磐に奪われてしまった。

「な、に…するんだよっ！」

常磐は勝手に高城の携帯を開くと、液晶画面を見ている。

「…か、返せッ」

「出る必要はない」

手を伸ばしたが、常磐はそのまま後退すると、本人になんの了解もなく携帯の電源を切ってしまう。

「ちょ…嘘、だろ？」

あわてて立ちあがった高城だったが、あまりの行動に啞然として動けなくなった。

「今の、誰から…だったんだよ」

「さぁな」

「……柚木だろ?」

断定的に訊くと、常磐はいっそう険しい表情で携帯を放り投げ、厳しく命じた。

「うるさいッ。今夜はもう、誰にも俺たちの時間を邪魔させない！　さぁ、今日からお前は俺の妻だ。ここに跪いて夫に忠誠を誓え」

横暴な命令に、高城は愕然とする。

今になってようやく、自分の明日が大きく変えられてしまったことに気づいた。

まさか、こんなことになるなんて……。

安易に代役を引き受けた自分が恨めしい。

「さっさと俺の足元に跪け。そして三つ指をついて頭を床につけてこう言うんだ。『不束者《ふつつかもの》ですが末永く可愛がってください』と」

本当に信じられなかった。

「そんなことッ、誰がするか！　死んだって嫌だッ」

小柄な高城は、それでも負けじと強気な瞳で相手を睨みあげる。

「あぁ、それだ。相変わらずいい目だな。初めて見た時から、お前のその目はいつも俺をゾクゾクさせる。まぁ、誓約は今でなくていい。でも、いつか必ずお前の綺麗な声で服従を誓わせてやる。覚悟しておけ」

「ッ……」

「それより、言い忘れていたが、もちろんお前には女の代わりもしてもらう」

「ぇ」

常磐は今なんと言った？　女の…代わり？

「今夜は俺たちの記念すべき初夜だ。さぁ来い！」

有無を言わさず、手を差しのべられる。

「な…に？」

「抱くんだよ。お前の処女は、俺のものだ」

「なッ」

気が遠くなりそうなセリフにめまいがする。

これはすべて、悪い夢だと思いたかった。

「どうした？　お前が望んで替玉になったんだろう？　俺たちは神の前で盃を交わし、永遠の夫婦の誓いを立てたんだ」

高城は、ゆるく左右に首を振った。

「今さら拒否すれば、どうなるかわかっているだろうな？　ジェイウッドを買収することなど、サイクロンには造作ない」

「そんなっ……ちくしょッ！　この、卑怯者！」

横暴なやり方に反発して叫ぶと、また容赦なく頬を叩かれる。

「ぁッ」

「俺にそんな生意気な口をきくな！　妻は夫に黙って従え！」

そんな言葉に従えるはずがない！

「お前は、やっぱり最低の男だよッ」

今度は反対の頬を叩かれて、そのまま床に崩れ落ちた。

「常磐家の嫁にとって、服従とはどういうことなのかを教えてやる。徹底的にな。いいか、これは儀式だ。今からお前を俺のモノにする。これは選択ではなく妻としての義務であることを覚えておけ。まぁ、お前は俺の女になったんだから時間はたっぷりある。夫を充分満足させられる身体に、何日もかけて調教してやるよ。さぁ来い」

床に崩れた身体を簡単に抱きあげられ、別の部屋に運ばれる。

「なぁ…頼むから。嫌だッ、よせよ」

投げ込むようにベッドに落とされ、すぐに身を起こそうとしたが、腹と胸の上に膝で乗りあげられた。

息が詰まって目を見開くと声がそそがれる。

「殺されたいか？　ん？」

「ぅ……く」

「俺は今、とても気が立っている。死にたくないなら抵抗するな。俺を満足させろ」

なぜこんなことになった？

たしかに不遜《ふそん》な男だったが、会社では大学の後輩として低姿勢を崩すことはなかった。前から傲慢な男だったが、最低限の礼儀だけは、わきまえていたはずだ。

それなのに……

こんな年下の、それも男に力と暴力で好き勝手に扱われるなんて……絶対に許せない！

めちゃくちゃに手足を動かして暴れてみても、結局ろくな抵抗にはならず、まるで人形の服でも脱がすみたいに容易にスーツをむしり取られる。

最後に一枚だけ残ったボクサーパンツまではぎ取られ、高城の男としてのプライドは粉砕されてしまった。

悔しくて悔しくてたまらず、夢中で蹴《け》りあげた足がたまたま男の鳩尾《みぞおち》に入った。

恍惚《こうこつ》とも取れる顔で呆然と見下ろしてくる男の眼が、ギラギラと野獣の光を放つ。

怖い……食われる！

そう思わずにいられないほど、欲望の剝きだしになった眼。

「俺はたまらなく飢えているんだ。これ以上抵抗するなッッ！　本当に死にたいか？」

再度問われても素直になれるはずもなく、グズグズ暴れていると、またも本気の力で顔を叩かれる。

「あッ……ぅあ」

何度も何度も頬が乾いた音をたてるのを、どこか客観的に見ている自分がいた。

荒い息を吐く唇から、熱い血が流れる。

「く……ぅ」

もう、どうしようもない。

非力な自分は、この運命を受け入れることが避けられないなら、せめて……

「待って。待ってくれッ……わかったから、乱暴にするな。ちゃんとするから。こんな暴力で犯されたら、一生立ち直れない」

力でかなわないことを身体で思い知った高城は、最後には自らの自尊心のために泣きを入れた。

男に強姦《ごうかん》されたなどという過去を作ってしまえば、明日から生きてはいけない。

「なんだ。どうした？　やけに素直だな？」

その哀願に急に気をよくした常磐は、とたんに満足げな顔になって態度を軟化させる。

「お前の声でそんな弱音を聞けるなんて、たまらないな。知ってるか？　お前の声は大学時代、カナリアボイスと呼ばれていたこと」

瓜二つの容姿を持った妹よりも、女らしいと言われていた透明な声。

「その綺麗な声で鳴いて、今夜は俺を心ゆくまで惑わせてくれ」

ため息で告げると、常磐はベッドの傍らに立って、見せつけるように服を脱ぎ始める。

彼の裸体は大学時代、スキー部の練習や合宿の時に何度も見たことがあったが、今とはまったく意味が違った。

シャツを脱いで上半身があらわになると、彼の逞しい胸板や上腕筋に嫌でも目が行く。

女なら見惚《みほ》れるほど優美な肉体だったが、これから自分の身に起こるであろう陵辱を考えると到底直視できず、高城は顔を背けた。

「ダメだ。眼を逸《そ》らすな！　俺を見ていろ。お前の夫になる男だ」

だが、それさえも許されないらしい。

高城の目の前で常磐は悠々とスラックスを脱ぎ、下着も取り去った。

すでに男の性器は硬く天を向いていて、その猛々《たけだけ》しさと質量に思わず息を呑む。

「…どう、して？」

普通の男でしかない自分を前にして、なぜ彼が興奮しているのか。

どう考えても理由がわからなかったが、自分自身も同性の裸体を目の前にして、こんなに動悸《どうき》がするのが信じられなかった。

それほど彼の肉体は視覚的に魅力的だったのかもしれない。

常磐はゆったりベッドに乗りあげてくる。

そして、仰向けに転がされた高城の上に我が物顔で重なってきた。

組み敷くように、わざと素肌を密着させられ、あまりの生々しさに鳥肌が立つ。

こんな状況で充足の息を漏らす男を、高城は最後に残されたプライドで睨みつけた。

「そう…お前だけだった。いつも俺に挑戦的な目を向けてきたのは。ギラギラした強い眼だったよ。闘志が剝《わ》きだしのな。お前の眼を見ているとヒドく不快になるのに、その一方で不思議なほど力が湧いてくる」

ピッタリと隙間《すきま》なく触れ合った肌が、すぐに熱を持って汗ばみ始めた。

極度の緊張と、それだけではない興奮のせいで息まであがってくる。

「どうした？　感じるか？」

そう言ったとたん、常磐に足まで絡められ、猛った性器で同じものをこすりあげられると、あまりのショックで息が詰まった。

「ぁッ……ぁ、よせ。常磐ッ」

細い声で拒絶すると、常磐は両手首をつかんでシーツに縫い止め、眼を細めて薄く笑う。

「いい声だ。たまらないよ。だが、ベッドで夫を呼ぶには少し色気がない。だから今日から、俺のことは薫と呼べ。いいか、玲司」

ファーストネームを勝手に呼び捨てにされ、高城はキツく唇を嚙む。

「玲司なんて気安く呼ぶな！　生意気なッ」

思わずそう罵《ののし》ると、今度こそ男は笑った。

「俺に組み敷かれて、まだそんな言葉が吐けるとはな。やはり玲司はたまらない」

まるで睦言《むつごと》を囁くように甘い声だった。

「今夜は俺たち夫婦の記念すべき初夜だ。これからお前にはいろいろ覚えてもらうが、今日は初めてだから俺が全部やってやるよ」

いろいろ覚えてもらうと言われ、なにを…と訊き返そうとした唇を言葉ごと奪われる。

彼と交わす何度目かのキス。

だが、今回のそれは、まるで飢えを満たすかのような濃密な接吻《せっぷん》だった。

「ンッ……ぅ」

逃げる舌を吸いあげられ、感じやすい舌のつけ根まで差し込んで丁寧に舐められる。

唾液と吐息が混じり合うと腰の中心がうずき、重なり合った欲望が徐々に昂《たか》まっていく。

「感じてるな？　勃《た》ってきたぞ」

断定されて、違うと首を振るが、裸にされた哀れな肉体は男になに一つ隠せない。

「ふ…ざける、なっ」

キスに飽いた舌が顎をたどって下りていき、皮膚に一番近い骨である鎖骨に沿って舐められると、嗄れた甘やかな声がこぼれ落ちた。

「ぅん…ぁ、ぁ」

それに驚き、高城はあわてて息を呑む。

「声を殺すな。聴かせろと言っただろう？　お前がその気なら、意地でも鳴かせてやる」

やわらかい耳たぶに舌先がツッと戯れると、その微妙な感触に背中に電流が走る。

「ッ……ぅ。ん」

今度は咀嚼《そしゃく》するように歯で刺激され、衝動的に顎があがって、また声がこぼれた。

「あ、ふ…っ！　ちくしょッ。やめッ…ろ」

罵声《ばせい》が喉に詰まって秘めやかに絡みつくと、それまで手首をシーツに縫い止めていた節の高い手が離れ、今度は胸元を探ってくる。

すでに芯《しん》を持った小さな突起に、綺麗な指先が舐めるように触れた。

「ぁッ…はぁぁ」

「どうした？　ここが感じるのか？」

自分でも信じられないが、そこに触られると腰の奥に籠っていた熱があふれてくる。

「その証拠に、ここも潤んできた」

重なった腰をグリッと押しつけられて、凄絶な快感に全身の骨までやわらかくなるようだ。

「ぁぁっ……ダメ。ダメ…だ」

「どうしてだ？」

男は充血した胸の尖りを強弱をつけて指でもみ、さらに絞りだした先を爪《つめ》で引っ搔く。

「イヤぁ……イヤだ。気持ち、悪いっ」

「馬鹿言うな。感じているだろう？　こういうのを気持ちがいいと言うんだと、この前、車の中で教えてやったろう？　いい加減学習しろ」

何度もそこを責められて、すでに声を抑えることもかなわない。

さらにチクビを唇に含み、舌で執拗に舐めねぶることを続けられると……情けないことに、それだけで高城は達してしまった。

そのあとは掌で直接性器を握って扱かれてイかされ、身も心もとろけてしまうほど熱くなったあと、ついに両足をすくいあげられた。

「な…に？」

視線も定まらず、意識さえもうろうとしたまま、ヌルヌルした長い指で信じられない場所を探られる。

「奥までオイルを塗ってやる。初めてだから今日は少し加減してやるつもりだったが、もう無理かもしれない…それも全部お前のせいだ」

そう責められた直後、指が狭い肉をこじ開けた。

「ぁぁッ！　やめッ……そんなところ、どうしてっ？」

侵入した指が、まるで中を裂くように蠢《うごめ》いて奥に進んでいく。

「知らないのか？　お前はここで俺を受け入れるんだ。最初は痛くても、慣れれば鳴いて俺だけを欲しがるようになる」

「嘘…だッ、そんなこと…絶対にイヤだッ」

それでも埋められた指が中を探るように刺激すると、高城の瞳から涙がこぼれる。

「泣くほどいいか？　次は俺が挿《はい》ってやる」

グズグズと泣く高城を見て、まるで男は愉《たの》しんでいるようにゆっくりと指を抜いた。

「いいことを教えてやろう。俺には少々危ない一面があるらしい。時々、お前の泣き顔を見たくてたまらない時がある」

「ッ……こ、のっ。変態野郎！」

「そうだな。篠原にいつも言われているからそうなんだろう。でも、妻のお前にもつきあってもらうぞ。だからこれから毎晩、玲司を躾《しつ》けてやる。俺がさわれば、可愛く尻尾《しっぽ》を振って

ねだることができるような可愛い雌犬にな」

「ぁぁぁ…ぅッ」

淫《みだ》らな言葉でいたぶられ、目の前が真っ暗になって絶望的な嗚咽《おえつ》が漏れる。

「さぁ、わかったら腹を決めて足を開け。女になって俺を受け入れろ」

そう言った男に呆気なく膝を割られ、猛った先端がついに潤んだ蕾《つぼみ》に押しあてられる。

「やめてッ……頼む、からっ…」

そんな要求は当然無視され、ついに熟しきった雄茎の先が花を突き破って散らした。

「ひッ……!」

想像を上まわる容量に、高城の華奢な腰が細かく痙攣する。

それに労《いたわ》りを見せることもなく、常磐はさらに腰を前後に動かしながら、奥に潜り込んで結合を深めた。

「ぅあッ……ぁ、ぁ、ぁ」

想像していたのとは違う、痛みだけではないうずきにも犯され、たまらなく怖かった。

自分が変えられてしまう恐怖。

しかも、ずっと嫌いだった男の手で…

「あぁ、玲司……たまらない」

深く繋がった時、ため息のような充足の声が吐息に紛れた。

「俺は、待っていた」

うわごとのようなつぶやきだったが、ショック状態の高城にはなにも聞こえない。

これ以上ないほど見開かれた瞳からは透明の涙がこぼれ、男はそれを見下ろしながら、感じ入ったように腰を使い始めた。

「あッ……ぅん。く、ぁぁ」

声には明らかに媚《こ》びた甘さが含まれていて、高城がこの行為によって痛みだけではなく、快感も得ていることを示している。

男の腕で高く掲げられた足のつま先が、動きに合わせて虚《むな》しく揺れていた。

「玲司、玲司ッ……俺を呼べ」

求められて嫌だと顔を横に振ると、責めるように数回激しく腰を打ちつけられる。

「ぁぁッ……ぁ、ぁッ」

与えられるあまりに淫靡《いんび》な愉悦に、怖くて思わず筋肉の張った背中にすがりついていた。

「玲司、俺を呼べッ、薫だ！」

何度も拒絶して何度も抉《えぐ》られて、高城はやがて別の人格に作り変えられていく。

「か……薫っ。薫……」

「そうだ。いい子だな」

急に優しい動きを見せる男が、高城の汗に濡れた髪を梳《す》いて満足げに笑んだ。

「いいか玲司、お前を破瓜《はか》した男はこの俺だ。生涯このことを胸に刻みつけておけ」

意味はわからなかったが、なぜかまた涙がこぼれた。

男に組み敷かれて意識を失うほど何度も貫かれ、最後に覚えているのは、彼が額の髪を分けて三日月の傷痕に触れた記憶。

その仕草はとても優しくて、指先が何度か傷を撫でたあと、優しい口づけが降った。

まるで恭しい、愛《いと》しさに溢れたような行為に戸惑いながら、高城はようやく重いまぶたを閉じた。

それはプライドの高い高城が、初めて女にされた忘れられない夜だった。

ベッドの上に、薄く陽《ひ》の光が差し込む頃、高城《たかしろ》は目を覚ました。

見慣れない部屋の景色が視界に入ってきて、ようやく前日の記憶がよみがえる。

自分は昨日、大学時代の後輩である常磐《ときわ》の、身代わり花嫁にされてしまった。

そしてその夜、力ずくで抱かれたのだ。

「ッッ……」

身体《からだ》を動かそうとして腰に鈍い痛みが走り、高城はたった一日で、自分の運命が大きく変わってしまったことを痛感する。

でも、昨夜《ゆうべ》は決して乱暴に扱われたわけではなかった。

彼は本当に丁寧に、優しい仕草で肌に触れてくれたが、それでもプライドの高い高城にとっては想像を絶する屈辱だった。

朝方まで何度も求められ、心身ともに疲れ果てて泥のように眠り込んでしまい……

今、自分は背を向けているが、たしかに隣には人の気配がある。

同じベッドで寝息をたてる常磐の方に、高城は勇気を出して寝返りを打った。

安息の寝息をたてている男の精悍《せいかん》な横顔を間近に見て、真っ先に怒りの感情が湧《わ》いた。

「俺は……昔からコイツが嫌いだった」

羽毛の掛け布団《ぶとん》からのぞく逞《たくま》しい肩と、筋肉の張った隆起した胸。

その肩口に引《ひ》っ掻《か》いたような爪痕《つめあと》が残っているのに気づき、思わず頬《ほお》が熱くなる。

それは、優しくて激しいセックスだった。

彼の情熱のすべてを与えられ、あられもなく喘《あえ》いで泣いた恥ずかしい自分。

「……ちくしょう」

たまらなかったが、これが現実だ。

だが、どんなに辛《つら》い夜に身を投じたとしても、必ず朝はやってくる。

ブラインドの隙間《すきま》から差す朝の光で時計を見ると、もう五時半だった。

普段なら、高城は六時に起きて朝食を作っている。

夕飯はいつも、残業の少ない砂奈《さな》が準備をしてくれたから、朝食は自分が作るのが習慣になっていた。

高城は一人になりたくて、ゆっくり身を起こすとベッドを下りる。

その時初めて、自分が真新しいパジャマの上だけを着せられていることに気づいた。

おそらく常磐が着せたのだろうが、まったく記憶がない。

昨夜脱がされたスーツも、常磐が片づけてしまったのか、床には見あたらなかった。

仕方がないので、高城は長いパジャマの袖《そで》を何度か折ると、そのまま寝室を出る。

見慣れない廊下を通り、広いリビングルームに入ると、ダイニングテーブルの椅子《いす》にようやく腰を落ち着けた。

だが、出るのは重いため息ばかりで…

そこでも怒りと哀《かな》しみの感情が交互にやってきて、高城はひとしきり泣いた。

泣いて泣いて、そのあとでようやく頭が冷えてきたらしい。

「そうだよな……こんな時こそ冷静にならなきゃ」

ようやく、そんなふうに思える。

今はまず、これからの身の振り方を決めなければならない。

「ちゃんと考えよう」

昨夜、常磐は高城の態度次第でジェイウッドをつぶすことも造作ないと冷たく言った。

その言葉も気になるが、冷静に考えてみると妹が最初に彼を裏切って逃げてしまったのだから、家族である自分にまったく責任がないとは言いきれない。

昨日の披露宴に来ていた政財界人の顔ぶれから見ても、マスコミの注目度からしても、サイクロン社の社長である常磐に恥をかかせるわけにはいかないだろう。

だからといって、容姿の似た都合のいい兄がいつまでも花嫁の身代わりをするわけにはいかないが、せめて砂奈が戻った時に、できれば彼女の立場が悪くならないようにしてやりたいと思うのが兄としての正直な気持ちだ。

手紙にだって、必ず帰ると書いてあった。

どんな事情があるにしろ、責任感の強い妹のことだ。

少しの間、自分が上手に替え玉の良妻を務めあげ、砂奈が帰ってきたら、こっそり入れ替わってしまえばそれでいい。

高城は回転の速い頭でいろいろ思案し、その結果として、このあとの身の振り方について決断した。

幸いなことに、新婚旅行については、常磐と高城が手がけている光ディスクのプロジェクトが終わったのちに行くと最初から決まっていた。

そのため、結婚式の翌日である今日も、常磐は普段と変わりなく出社することになっている。

「そうと決めたら、まずは朝メシかな」

気持ちを切り替えるように声にすると、高城は勝手に常磐のクローゼットの中を探して自分のスーツを見つけると、着替えをすませてからキッチンの物色を始めた。

真新しい調理器具を使い、なんとか朝食の用意ができる頃になって、廊下の方からあわただしい足音が聞こえてくる。

ドアが開くと、怖い顔をした男が勢いよく入ってきた。

「あぁ、おはよう」

みそ汁の味見をしていた高城がそのまま振り返ると、常磐はパジャマのズボンをはいただけの格好で、上半身は裸のままだった。

逞しい身体を目の当たりにし、思いだしたくないことを思いだしてしまった高城の頬が一瞬にして染まる。

さらに彼のはいているズボンと、さっきまで自分が着ていたパジャマの上が同じチェック柄なことに気づいて、もっと恥ずかしくなった。

これが男と女だったら、ラブラブな恋人同士の絵だろう。

自分だけでも着替えをすませていたことは、本当に幸いだった。

もし同じ柄のパジャマ姿だったらと思うと血の気も引きそうだったが、なんとか平静を保って語りかける。

「あ、あの…悪いけど、キッチンを勝手に使わせてもらってるんだ。それと、何時に起こせばいいかわからなかったから……いつもこのくらいの時間に起きるのか？」

今日から、ここで一緒に生活をするなら、いろいろ相手の習慣を覚えて合わせなければならない。

「え？」

ところが常磐は摩訶《まか》不思議な顔でテーブルの上に並んだ朝食を眺め、それからもう一度、エプロン姿でお玉を手にする高城を見た。

「なぁ、聞いてる？」

常磐の様子が、かなり変だ。

「あぁ……悪い。聞いてるよ。そうだな、会議がない時は、だいたいこのくらいだ」

「わかった。明日から起床は七時で覚えておく。砂奈もその時間に起こしてたから覚えやすいよ。ほら、着替えてきたら？　それとも、朝はパジャマで食べる派？　だったらそれでもいいけど」

「……いや。着替えて食べるよ」

「わかった。じゃぁ、もうすぐみそ汁もできるから顔洗ってこいよ」

今度は慣れた手つきで厚焼き卵を包丁で切っている高城。

そのそばに常磐はゆっくり近づいていく。

視線を感じた高城が、真横に立った長身の彼を見あげた。

整った素顔に、不意に心臓が騒ぐ。

会社ではいつも髪をうしろに軽く流している常磐だったが、今は長い前髪が全部落ちて、髪の隙間から鋭い瞳《ひとみ》がのぞいている。

とても綺麗《きれい》だと思った。

「えっと？……なに？」

いつものように、いきなり腕をつかまれたが、その力は異常に強い。

「玲司《れいじ》………いてくれるのか？」

彼が自分を玲司と呼んだので、高城はこの現実を、改めて認識する。

「え？」

「ここに、俺と一緒にいてくれるのか？」

望むように訊《き》かれ、覚悟を決めたことを伝えなければならなかった。

「だって、お前が命令したんだろ？　しばらくは花嫁の身代わりになれって」

もう逃げない。

「それを…了承してくれるんだな？」

昨日は、砂奈の裏切りの責任を高城に転嫁したり、ジェイウッドをつぶすとまで脅した男が、今は妙に殊勝な声で問いかけてくる。

「あぁ。砂奈が戻ってくるまでは、俺が責任を持って妻の役割を果たすよ。約束する」

そう言うと、常磐は一つ息をついた。

「でも…悪いが、にわかには信じられない。俺は朝になったら、玲司は逃げだして、いないかもしれないと覚悟していたからな」

最初は、高城だってそう考えた。

「もし、俺が逃げていたら？」

「もちろん、どんな手を使っても連れ戻す。それから鎖に繋《つな》いででも、俺の言うことを聞かせるつもりだった」

彼らしい本音が聞こえたが、高城は懸命に感情を高ぶらせないよう努める。

「俺はもう、ここにいるって決めたんだ」

相手の目を真っすぐに見て答えたその言葉に、ようやく常磐が安堵《あんど》の表情を見せた。

「では、さっきの話の続きだが……本当に毎朝、玲司が俺を起こしてくれるのか？」

「そのつもりだけど？」

常磐の眉《まゆ》が、いぶかしげに寄る。

「どうやって起こすんだ？」

「え？　いや。だから、普通にベッドに行って…」

「毎朝、お前の声で起こしてくれるのか？」

ナゼか怒っているみたいに問いつめられて…

「…あぁ。だって、砂奈にはそうしてたし」

「俺のために朝食も作ってくれるのか？」

「……寝坊しなければ」

やたら質問の多い常磐だったが、今度はすっかり黙り込んでしまう。

「なんだよ？　どうかしたのか？」

「いや……もしかして、お前がなにか企《たくら》んでいるんじゃないのかと思ってな」

「いい加減にしろよ。そんなワケないだろ」

こっちは必死で譲歩しているのに、そんな言い方はないだろう。

「あぁ、悪いな。疑り深い男で」

「もういいって。それより、いくら夏だからってシャツを着ないでいたらカゼひくぞ」

「そうだな。じゃぁ、顔を洗って着替えてくるよ」

そのあと、二人はダイニングのテーブルに座って、向かい合って朝食を食べている。

「このみそ汁、美味《おい》しいな」

ワカメを口に運びながら、常磐が誉《ほ》めた。

「そうか？　でもこれ、そこのコンビニでさっき買ってきた味噌《みそ》なんだ。でも、ダシはちゃんと鰹《かつお》と昆布で取ったから」

「そういう材料はどうしたんだ？　全部コンビニでか？」

「うん。だけど、いろいろ足りないものがたくさんある。さすがにコンビニじゃ、ナマ魚はなかったし」

テーブルの上の朝食は、みそ汁の他《ほか》にはヒジキとニンジンの簡単な煮物と厚焼き卵。

「それと朝食なんだけど、和食でいいのか？　もしパン派なら明日からそうするけど？」

「いや。できれば和食が嬉《うれ》しい。一人の時はトーストにコーヒーだが、俺は和食党だ。それに、玲司の料理はとても口に合う」

「ホントか？　それはよかった。ウチも昔から朝はみそ汁とゴハンなんだよ。それに砂奈も和食は得意だから心配ないな」

高城が安心したように言うと、常磐はあいまいな顔で笑った。

「あのさぁ…砂奈のことだけど、なにか事情があったにしろ、必ず帰ってくるよ。だから、気を落とすなよな」

昨夜は脅され、あんなヒドイことまでされたのに、高城は常磐を励ましていた。

結婚式の日に花嫁が失踪《しっそう》するなんて、その兄としては本当に申し訳ないと思っているからだ。

「砂奈が帰ってくるまで、お前に迷惑のかからないよう、できる限りのことはするから」

「……玲司がいてくれれば、それでいい」

「いるよ。お前とここにいる。約束する」

誓約をするように告げると、常磐はようやく表情を和らげた。

その笑顔があまりに嬉しそうに見えたので、高城はふと砂奈が話していたことを思いだす。

『彼はね、本当は寂しがり屋さんなの』

事実、そうなのかもしれない。

「あのな、一つ提案があるんだ」

「なんだ？」

「いくら砂奈の代わりっていっても、ここに置いてもらう以上、家賃を払わないわけにはいかない」

「そんなもの気にするな。俺は金持ちだ」

悪びれずにあっさり返す常磐。

「だからぁ、俺はお前のそういうところが嫌いなんだって！」

注意すると、常磐が目を細めて苦笑した。

「あぁ。そうだったな」

「だから食費は全部俺が出したいんだ。それでいいか？　安くて美味しいものをがんばって作るから、そういうルールにしていいか？」

「俺は別にかまわないが。でも、食費なんてお前が気にしなくてもいい」

「それじゃぁ俺の気がすまない。いくら妻の代役でも実際は男なんだから、寄生虫みたいなのは嫌なんだ」

　きっぱりそう言うと、常磐は仕方なくうなずいた。

「まったく玲司らしいな。わかったよ。お前の気のすむようにすればいい」

　そのあと、食事の間に高城は昨日の結婚式の前のいきさつを話し、自分が砂奈の替玉だと知っているのは高城の両親と、秘書の篠原《しのはら》だけだということを伝えた。

　食事が終わると、常磐は席を立って自室に入り、上着と通勤バッグを手にして戻ってくる。

「玲司も一緒に出ないか？　もうすぐ俺の社用車がマンション前に迎えにくる」

「あぁ、でも…それはさすがにマズイだろ？　俺たちのことを知ってるのは、この東京じゃ篠原さんだけなんだし。一緒に出社して、会社の他の奴らにバレても困るよ」

　高城は食器をシンクに運びながら答える。

「たしかにそうだな。じゃぁ俺は先に行くが、玲司にもこれを渡しておく」

　常磐がポケットから出したのは、銀色の鍵《かぎ》だった。

「…これは？」

「このマンションの鍵だ」

　一緒に住むのなら当然必要になるだろう。

「うん…ありがとう。今日はなるべく早く帰って夕飯作ってる。じゃぁ、俺も食器を片づけたら出るから」

「あぁ、それと…」

常磐がなんだか言いにくそうにしているので、高城はなんとなく彼の前に立った。

「昨日の……大丈夫か？」

「え？　なにが？」

長身の彼を見あげて、首を傾《かし》げる。

「加減…あまりしてやれなかったから」

「……ぁ」

そのセリフで、急に昨夜のことを思いだした高城は、一瞬にして頬を染めた。

「う…ん。それなら多分、大丈夫だと思う」

恥ずかしそうに答えると、いきなりギュッと抱きしめられてしまう。

「わッ」

常磐はいつも唐突で強引で困る。

「あのっ……ちょっと、待って！」

高城は懸命に腕を突っぱって男の腕から逃れると、キッチンからなにかを持ってきた。

「はい。忘れ物」

「なんだ？」

「お昼も外食ばっかだと身体に悪いから。なるべく油は控えめにしてある」

「これは、もしかして…」

「お弁当だよ」

常磐にとっては、あまりに信じられないセリフだったらしい。

彼はナプキンに包まれた弁当を、まじまじと眺めている。

「あのさ、最後に一つだけお願いがあるんだ」

小さな声でそう言うと、高城はぎこちない仕草で常磐の方に歩み寄り、スーツの胸元にコツンとオデコをあずける。

「お、おいっ……」

らしくなく常磐があせっていて、その心臓の速い音が布を通しても聞こえた。

「昨日の夜のさ、アレ。悪いけど……しばらくはしないでくれる？」

「え？」

「新しい光ディスクの完成まで、もう一歩なんだ。それなのに、あんなスゴイのを毎晩されたら、きっと俺、次の日に使いものにならなくなるし……サイクロンの社長としても、それは困るだろ？」

「ッ……あんなスゴイの？」

無意識に吐かれる卑わいなセリフに、常磐はすっかり困惑している。

「お願いだから。なぁ…薫《かおる》」

高城は今度はいきなり下の名を呼び、そのままネクタイを軽く引っぱってみた。

「わ、わかった！　その件に関しては、少し考えておく」

「うん。でも、今夜はしないで。続けてだとキツイし。予定ではあと一週間で終わるんだ。それまでしないって約束して」

「……あぁ。わかったよ」

微妙な空気の中で二人は見つめ合っているが、その時、チャイムの音が鳴った。

「ぁ…あれ？　今の、迎えの車かな？」

キスでもされそうな雰囲気になっていたので、高城はホッとする。

「そうみたいだな。じゃぁ、先に行く」

常磐は玄関に向かうと、そこで靴を履く。

「はい。行ってらっしゃい」

精いっぱいの笑顔でそう言って、玄関に置かれた常磐の通勤バッグに弁当を入れて手渡した。

するといと、常磐はまたしても呆然《ぼうぜん》と高城の顔を見ている。

「なに？」

「あ。いや……今、行ってらっしゃいって言ったか？」

「うん」

「……玲司」

セクシーな声で名を呼ばれ、一瞬だけ油断してしまった。

その隙に、いきなり腰に腕がまわり、唐突に口づけられてしまう。

「ん…ぅン。ぁ…」

それは朝とは思えないほど濃厚なキスで…

まだ刻まれたばかりの記憶を思いだした下肢が、急に甘くうずいてたまらなくなる。

「……じゃぁ、行ってくる」

キスがほどけ、男が出ていったドアが閉まると、高城はそのままヘナヘナと床に座り込んでしまった。

自然と大きなため息が何度も漏れたが、ようやく頭を振って立ちあがると、ダイニングに戻って乱暴に椅子に腰かけた。

すっかり、いつもの男らしい高城だった。

「はぁ〜、疲れたぁ。マジで疲れるよ！　でも作戦はひとまず成功ってことなのかな？　砂奈の代わりはなんとかできそうだけど、夜のアレだけは絶対に嫌だからな。それにしても、俺にも今みたいな女々しい真似《まね》ができるなんて。なんか……自分でも情けないかも」

独り言をつぶやくと、高城は気持ちを切り替えて食器を洗い、今度はシーツを交換しようと寝室に向かった。

ドアを開け、寝乱れたベッドを見た瞬間、急に昨夜の自分の痴態を思いだしてしまい…

常磐にいいようになぶられ、この身に男を受け入れ、逞しい背中にすがって鳴いた。

自分があれほど乱れてしまうなんて信じられなくて…

「なぁ砂奈。お前、どこにいるんだよ。頼むから早く帰ってきてくれ。でないと俺は…」

そんな弱音が自然とこぼれていた。


高城がサイクロン本社に出社すると、柚木《ゆずき》がひどく怖い顔で近づいてきた。

「先輩、身体の具合はどうですか？」

昨日の結婚式を、過労という嘘《うそ》の理由で欠席した花嫁の兄。

そんな高城を心配して声をかけてきた柚木だったが、言葉とは裏腹にずいぶん乱暴な仕草で高城を喫煙室に連れていった。

「昨日のこと、ちゃんと話してもらえますか？」

高城は両肩をつかまれ、真上から見下ろされる。

「先輩は体調不良で自宅にいるってことでしたが、家の電話にも携帯にも出なかった。いったいなにがあったんです？　それに式のあと、花嫁の控え室を探しても誰《だれ》もいなくて……ちゃんと納得できるように説明してください」

今日の柚木はやけに強引で、常磐が絡むと彼が昔から時々こんなふうに感情をぶつけてくることを、高城は改めて思いだしていた。

「先輩、まさか朝までずっと常磐と一緒だったんじゃないですよね？」

「な……なに変なこと言ってるんだよ。ちょっと疲れがたまってダウンしてたんだ。ずっとアパートで寝てたって」

「それは嘘だ。先輩なら、這《は》ってでも砂奈ちゃんの結婚式に出るはずです。それに俺、あのあと夜になってアパートに行ってみたけど、電気もついてなかった」

「柚木……」

「先輩がどうしてもごまかしたいってことなら、俺ははっきり言います。昨日、常磐の隣にいたあの花嫁は砂奈ちゃんじゃなかった」

高城の顔色が一瞬にして変わる。

「あれは先輩ですよね？　他の全員を騙《だま》せても、俺だけは絶対、騙されませんよ」

一歩も引かない柚木の勢いに、高城はそれ以上、嘘をつき通すことはできなかった。

「わかった。話すよ……全部」

だからもう観念して、すべての経緯を柚木に話すことにした。

砂奈が結婚式の朝に消えてしまったこと。

自分が当面、常磐と同じマンションに同居して、砂奈の代わりとして家事の一切をすることと。

でも、どうしても常磐に抱かれてしまったことだけは言えなかった。

「本当ですね、先輩。昨夜は、アイツになにもされてませんね？」

柚木は執拗《しつよう》だった。

「あたり前だろ。されてるわけがない」

「でも、キスはしたでしょう？」

「ウエディングドレスを着た先輩は、俺の目の前で常磐に抱かれてキスをした」

血の気が引くとは、まさにこのことだ。

「そ、それは……仕方なかったんだ。記者に囲まれて、アイツが強引に……でも、本当にキスだけだ。それに、アイツは砂奈の夫になる男なんだぞ。いずれは義兄《あに》になる俺と、どうなるって言うんだよ」

「でも、いくら先輩がそう思っていても、常磐は昔からアブナイ奴ですからね」

過去に何度も柚木に助けられたことのある高城は、素直にうなずく。

「……わかった。充分気をつける」

そう言った直後に抱きしめられていた。

「うわッ……なに？　柚木」

「昨日、俺がどれだけ心配したと思ってるんですか？」

「……そうだよな。ごめん」

「だけど、しばらく常磐と同居するんなら、俺は毎晩、心配で眠れそうにない」

腕がきつく背中に絡んできて戸惑《とまど》った高城が身じろいだが、その腕は揺るぎもしない。

「でも先輩、昨日の花嫁は……本当に綺麗でした。もしも…もしもあなたが女だったら、俺は絶対、誰にも渡さないのに」

まるで殺し文句みたいなセリフに、高城は驚いて相手を見あげる。

こんな間近で柚木の顔を見るのは初めてだったが、その整った容貌《ようぼう》に不思議なほど胸が高鳴ってしまう。

「高城先輩……」

そんな自分を隠したくて、高城はあわててうつむくと話を逸《そ》らした。

「あ、あのな…俺が砂奈の身代わりをしていること、誰にも話さないでくれないか？」

「あたり前でしょう。話せるわけないじゃないですか。でも、本当に大丈夫ですか？」

「なんとかなるよ。ようするにきちんとハウスキーパーをしていればいいってことだから」

「でも、夜は常磐に近寄らないこと。酒も飲まない。寝室も絶対別。それでも万一、アイツになにかされたら、夜中でもいいから俺のところに逃げてきてください。いいですね」

柚木はいつも、本当に心強い後輩だ。

「うん。ありがとうな。頼りにしてる」

「はい」

ようやく背中にまわっていた腕の拘束が解け、高城はホッと息をついて身を離す。

「さぁ、新しい光ディスクの完成まで、あと一歩だ。がんばろうな」

それからの数日間、高城と常磐の二人は、かりそめの新婚生活を順調に営んでいた。

マンションでの常磐は、以前お願いしたことを意外にも厳守してくれていて、現在の高城の立場は妻の代役というより、むしろハウスキーパーに近い。

高城は毎日残業で帰宅も遅かったが、帰りには深夜営業しているスーパーに寄って、きちんと食事の仕度をしていた。

それは自分の言葉に責任を持つ高城らしい態度で、そのがんばりを常磐も認めている。

もちろん多忙なのは常磐も同じで、彼は時々仕事以外で遅くなる日もあり、高城も気にはなったがプライベートなことにまで口を挟むつもりはなかった。

一方、新しい光ディスクは三ヶ月の過密スケジュールの開発の末、ようやく完成した。

その日、開発室のメンバーは、ささやかながらも祝いの席を設けた。

そして……一週間後の今日、高城を含めた関係者が、朝から常磐に呼びだされていた。

資料を手にして、高城は会議室に急ぐ。

実は五日前、商品の完成直後に常磐からこんな話があった。

総合エレクトロニクスメーカーであるサイクロン社は、今後、光ディスクを起点とするエンターテイメント事業を展開するという。

そこで米国の大手ソフト企業であるヴィンテル・ソフトに、高城たちが開発した新しい光ディスクの規格に賛同するよう打診をしたのだ。

ヴィンテルと規格の統一が図られれば、サイクロンには莫大な特許料が流れ込む。

サイクロンの新事業であるPCやDVD、携帯電話などのすべてにヴィンテルソフトのOSをのせることになれば、ヴィンテルにとっても市場を二分する関係にある競合ソフトメーカー、オレンジコンピュータに対する優位性が確保でき、まさに渡りに船の話になるだろう。

よってサイクロンからのこの申し出はヴィンテルにとっても充分魅力的な内容のはずで、営業社員が新しい光ディスクを持って実際に米国に飛び、品質のよさを売り込んだ。

誰もが、交渉の成立は容易だと思っていたが…

そして今日、高城たちが会議室に集まっていた。

いよいよ交渉の結果報告が始まって、ヴィンテルが意外にも、サイクロンの規格に賛同できないと断ってきたことが常磐から伝えられた。

もちろん高城を含めた技術陣からは、驚きの声があがる。

「どうしてだよっ。ヴィンテルだって今後は新しい規格のディスクが絶対必要なはずだ」

高城の疑問は当然だった。

今後、世界の需要は、もっと記録量の多い光ディスクに向くのは必至だからだ。

相手からの拒否の表向きの理由としては、サイクロンの光ディスクには問題があると言っているらしい。

建前のようなあいまいな理由だったが、それに高城が激昂《げっこう》したことは言うまでもなかった。

そんな中での常磐社長の見解は、

「もしかすると、ヴィンテルは別の企業と組んで、独自にディスクの開発を進めているかもしれません」

という、冷静なものだった。

「そんな…まさか?」

「高城室長、あなた方ジェイウッドの最大の競合企業とは、どこですか？」

「……陽立《ひたち》……アクセルだ」

「そうですね。わかりました。篠原、陽立アクセルを徹底的に調べてくれるか。もちろんヴィンテル・ソフトとの関係や特許も含めて」

「わかりました」

指示を受けた篠原は、そのまま退室した。

「なぁ常磐、それって本当なのか？　ヴィンテルが……陽立アクセルに、別の規格の光ディスクを作らせているってことと」

「おそらく間違いないでしょうね。まぁ調べればすぐにわかります。三日待ってください」

「調べるって、機密情報をどうやって？」

常磐は秘めやかに笑う。

「いろいろと情報源はありますからね」

「なんか、お前が言うとうさんくさいなぁ。俺、汚い手段とか嫌なんだよ」

「高城室長、いいですか？　情報収集というのは、企業戦略の一つの方法です」

二人の険悪な遣《や》り取《と》りを、周囲の社員たちは冷や冷やしながら見守っている。

「それはそうかもしれないけれど、俺はお前の、そういう手段を選ばないやり方が大嫌いなんだよ！」

高城のトドメとも言える指摘に、普段はなにがあっても顔色を変えない常磐が、意外なほど傷ついた表情を見せた。

高城が常磐と一緒に生活するようになって、今日は初めての休日。

朝食がすんだあと、なんとなくリビングのソファーに差し向かいで座っていても、どうも手持ちぶさたな感じがする。

昨日の会議での言い争いのこともあって、空気が微妙に痛いのが高城は嫌で仕方ない。

できればこのまま、自分のアパートに帰りたい気分でいっぱいだった。

結婚式の夜、常磐は高城のアパートを明日にも引き払うと断言していたが、その翌日、高城が衣類を取りに戻った時は、なにごともなかった。

やっぱり、いくらなんでも、そんな無茶なことはしないよな…と、高城も胸を撫《な》で下ろした次第だった。

それにしても……

常磐は高城には目もくれず、淹《い》れたてのコーヒーを飲みながら新聞を眺めている。

妙に気まずい。

約束をしたのだからしょうがないが、どうしても一緒にいなければならないのなら、このよそよそしい雰囲気だけは回避したい。

そこで、高城は思いきってこんな提案をしてみた。

「あのさぁ…薫、もしも今日、特に予定がないなら、ちょっと遊びに行かないか?」

高城自身も連日の仕事の疲れから、少し外の空気を吸って気分転換をしたかった。

「遊び？」

「あぁ。このマンションの近くに大きな公園があったろ？　天気もいいし、よかったらサンドイッチでも作るよ」

「……サンドイッチか。それはいいな」

高城の誘いで、二人は駅の南側にある広い公園に出かけることになった。

空はよく晴れていて風が本当に心地《ここち》いい。

「あ〜、やっぱりお陽さまの下はいいなぁ」

その公園は都民のささやかな憩いの場で、休日はたくさんの老若男女が集まっている。

「そうだな。俺も出てきてよかったよ」

公園の中央には、芝の広々とした平地があって、家族連れが大勢遊んでいた。

みんな、とても元気で楽しそうだ。

「俺さぁ、北海道育ちだから、こういう広いところって好きなんだよな」

並んで歩きながら、高城が空を仰ぐ。

「わかるよ。お前らしい」

ようやく常磐の難しい表情が和らいで、高城は密《ひそ》かにホッとした。

「なぁ、キャッチボールでもしないか？」

「……キャッチボール？」

「そう。休みの日に遊びに出た時は、いつも砂奈や柚木とやるんだ」

そう言うと常磐はわずかに眉をひそめる。

「せっかくの休みなのに、柚木の名前なんか聞きたくない」

どうも常磐と柚木は、お互いに馬が合わないと思っているらしい。

「なぁ、やるのかやらないのか、どっちだよ？」

「道具もないのにか？」

そう訊かれた高城は、肩にかけられた大きなスポーツバッグをおろし、中からグローブをつかみだした。

「いつも車に積んであるのを持ってきたんだ。フリスビーとかバドミントンもあるぞ」

自慢げにバッグの中身を見せると、常磐は声をたてて笑った。

「お前は本当に不思議な奴だな。面白いよ」

「不思議ってなんだよ？　でもさぁ、薫はこの頃、会社でいつも仏頂ヅラしてるだろ？　お前も大変だと思うけど、あれは周囲が気を遣うからやめた方がいいぞ。それに大学時代の薫は今みたいによく笑ってたよな」

社長としての常磐には本当にさまざまな重圧があって、それが彼に冷たい顔をさせているのだと、一緒に過ごしてみてわかってきた。

「ひどいことを言う奴だな。でも、たしかにそうかもしれないな。あの頃がなつかしい」

高城はグローブを一つ常磐に投げた。

それから二人は、キャッチボールやバドミントンでかなり熱く盛りあがった。

まるで子供のように本気で遊んで、お昼を過ぎる頃にはすっかり疲れきっていた。

「なぁ、ここにシートを敷こう」

大きな樹《き》の陰にシートを広げると、涼を取りながらサンドイッチの入ったバスケットを広げる。

これが正真正銘の新婚夫婦なら本当に幸せだろうと思うと、高城はこの空の下、どこかにいる妹のことを思わずにはいられなかった。

それから二人はサンドイッチを食べながら、なつかしい大学時代の話に花を咲かせていた。

しばらくして、大きな犬を連れた子供が木陰の近くで遊び始めると、高城はなにを思ったか急に立ちあがり、食事もそこそこに子供と犬と一緒に遊び始めた。

子供も犬も高城に妙に懐いていて、見ているだけで楽しそうで…

常磐はよく笑う高城の姿を、ただずっと目を細めて眺めていた。

「ごめんごめん。すっかりはしゃいでしまって」

しばらくして、高城が戻ってきた。

「あぁ。子供が二人、犬と遊んでいたな」

そのセリフにムッと唇を尖《とが》らせる。

「俺は子供かよ！　でもさぁ、なんか…ちょっと天気が悪くなってきたよな？」

二人して空を見あげる。

「あぁ本当だ。ひと雨来るかもしれない」

さっきまで青空だったのが、今は灰色の雲が薄く広がってきている。

「なぁ玲司、お前…犬が好きなのか？」

「あぁ、好きだよ。っていうか、動物は全部好きなんだ。知ってるだろうけど、俺の実家は牧場経営をしていて、昔から牛や馬の世話とか手伝って育ったからかな？」

高城はそう言って目を細めて笑う。

「そうか」

「だから、ホントは東京に出てきた時も、犬を飼える一戸建てに住みたかったんだ。だけどそんなのとても無理だったし、アパートじゃ犬なんて飼えなかったからな」

とても残念そうに話す高城の顔を、常磐はただじっと見つめている。

その時、高城の頬に雨粒が落ちた。

「やっぱり降ってきたな。玲司、走って帰るぞ」

まるで南国のスコールみたいな雨に降られ、すっかり濡《ぬ》れてしまった二人だが、マンションに戻ると、高城はそのまま浴室に連れ込まれた。

「とにかく服を脱げ」

そう言って常磐は自らもシャツを脱ぐ。

「うん…でも、あの…自分でできるから」

目の前の逞しい胸板から目を逸らす高城だったが、唇はすっかり白くなって、細い身体が震えている。

「恥ずかしがるな。男同士だ」

たしかに、そうなのだが。

できれば一人でシャワーを浴びて温まりたいが、寒いのはお互い同じ状況なワケで…

「寒いんだろう？」

「うん。少し…」

仕方なく高城が服を脱ごうとするが、濡れて思うようにいかなくて手間取る。

「不器用な奴だな。もういい。あとで俺がやってやるから、とにかく先に温まれ」

シャワーを掌《てのひら》にあてて温度調節をしていた常磐は、適温になったそれをシャワーヘッドホルダーに戻し、

「さぁ、こっちに来い」

服を着たままの高城を、シャワーの雨の下に引き込んだ。

「わっ！　ちょっ……ぅ」

つかんできた掌も同じように冷たいのに気づいた瞬間、シャワーの中で抱きしめられる。

「ぁ……」

降りそそぐ水滴は温かい毛布のように二人を包み、冷えた肌をじんわりと温める。

どのくらいそうしていただろう。

高城の頬に、ようやく朱が差してきた。

「あの、ありがとう常磐…もう大丈夫だし」

恥ずかしくて、高城は男の腕の中で身じろぐ。

「ダメだ。もう少しじっとしてろ」

頭のてっぺんあたりから聞こえた声はとても甘く嗄《か》れていて、高城はハッとした。

「あっ……え？　なにッ？」

濡れた服の上から、掌が這うように肌を撫でる。

「や、ダメっ……ぁ、ぅん」

愛撫《あいぶ》するように巧みに蠢《うごめ》く掌に、すぐに息が乱れ始めた。

「ダメだよッ。こんなこと、ダメだ！」

「ナゼだ？　俺たちは夫婦なんだ。妻の身体をさわるのは、夫の当然の権利だろう？」

「だって、それはちょっと違うだろ…っ！」

さらに男の唇が、我が物顔で顎《あご》や頬、耳のうしろを舐《な》めてついばむ。

「ぁ…ん。本当に、ダメだって！　やっぱり……こんなの、ダメだっ」

「玲司は望んで花嫁の代役になったんだろう？　だったらキスくらいさせろ！」

厳しい声で自分が身代わりだという理由を持ちだされると、改めてそれを実感する。

キスはとろけるほど甘かったが、ナゼか胃の奥がきゅっと痛んだ。

「アッ……ぅ」

体重をかけて浴室の壁に背中を押しつけられ、今度は濡れたシャツから透けた紅《あか》いチクビを布の上から唇に含まれる。

「ぁッ、ぅんッ……ダメっ……ダメッ」

ザラザラした舌の感触にたまらなく感じてしまい、足が萎《な》えて細かく揺れる。

「嘘をつくな。お前はもう、立っていられないほど感じているだろう？　さぁ、前もうしろも両方可愛《かわい》がってやるから、もっと足を開け」

そう言った男に、今度はジーンズの上から、すでに硬くなった雄をなぞられた。

「やッ……いや、ぁあっ」

布ごしの愛撫は焦《じ》れったくて、腰が誘うようにゆらめいてしまう。

「ダメっ……お願いッ、さわらないでっ」

感じたくないのに的を射た愛撫にさらされ、閉じようとする足を無理やり開かされる。

「そうして鳴いているお前は、会社にいる時からは想像もできないくらいイヤラシイ。さぁ、もっと腰を振って踊ってみせろ」

シャワーの中で思うように喘ぐ高城に気をよくした常磐は、高城のホックを弾《はじ》いてジッパーを下げ、ジーンズのウエストを下着ごとつかんで太股《ふともも》あたりまで下げた。

「あぁぁ」

あまりの恥ずかしさに耐えかね、高城は固く目を閉じて身をよじる。

「ジーンズが濡れて肌に貼《は》りついているから、これ以上下がらないな。いい子だから、そのままうしろを向け」

「そんな。嫌だッ…イヤっ。お願い」

拒否しても肩をつかんで強引に壁に手をつかされ、尻《しり》を突きだすような格好にされる。

「ほら、どうした？　足をもっと開いて、お前の女を俺によく見せろッ」

乱暴に膝《ひざ》を使って、さらに足が裂かれる。

男の掌が双丘の片方をつかんで横に引っぱると、その狭間《はざま》に小さな孔《あな》が姿を現す。

待ち構えていたもう片方の手が、濡れた指先で小さな窄《すぼ》まりをツッとなぞった。

「ぁぁッ！　いやぁ、そこは、やめてッ……お願い。薫、薫ッ…」

「馬鹿を言うな。そこもここも、全部俺のものなんだ。好きにさせてもらう」

湯のせいでやわらかくなった孔は、男の指をゆっくりと飲み込んでいく。

「簡単に入るぜ。さぁ、どこが感じるか言ってみろ」

常磐は埋めた指を中でまわしたり折ったりしながら、わざとゆっくり抽送を始めた。

「アッ……ぅあッ。やぁぁッ。嫌ッ」

そのまま硬くなった雄までつかんで扱《しご》かれ、前とうしろの両方を、挟むように同じリズムで揺すられる。

「ぁっ……はッ…ぃぁッ」

「ここだろう？　お前のイイところは」

あの夜教えられた一番感じる箇所を、狙《ねら》い澄ましたように爪で抉《えぐ》られて、

「やめてッ……ぁ、ぁぅっ…そこは、嫌だッッ。嫌だよ。もう…許してっ……」

嗄れた声が泉のようにあふれ続けた。

「玲司、セリフが違うだろう？　ん？」

「ダメっ……ぁぁ……ん。ダメッ……もぅ。薫っ…もうっ」

「どうした、もう俺が欲しいか？」

甘く問われた直後、高城の裸の腰に硬いものがグッと押しつけられる。

布ごしだったが、シャワーの温度とは比べものにならないほど熱い常磐の情熱。

「やぁッ……嫌だ。それはイヤぁ…」

怖いのか興奮しているのかは、すでに判別できない状態だったが、高城は本気で泣いていた。

「先にお前をイかせてやるよ。その方が、ここの中の具合がよくなるからな」

壁に手をつき尻を突きだした格好で中をなぶられ、さらに前も扱かれながら、高城は泣き続ける。

「ぁぁッ…もう。ダメっ、ダメ……イくっ」

やがて痙攣《けいれん》したように全身を震わせながら、高城はついに浴室の壁に射精してしまった。

身を焼くほどの羞恥《しゅうち》に染まりながらも、懸命に懇願する。

「薫っ……薫。ぁ……ぁ。お…願い、お願いだからっ……アレはしないで。お願いッ」

次になにを求められるのかを知った高城は行為を恐れ、声をひきつらせて哀願する。

その声があまりに悲愴《ひそう》だったからなのか、指の抽送を続けていた常磐がふと静止した。

「っ……ちくしょう！」

壁を激しく叩《たた》く音に高城が身をすくませる。

「もう、いいッ」

「……え？」

「だからッ、もういい。濡れた服を脱いで早く出ていけッ。充分温まったろう？」

そう言った常磐は、急に背を向けた。

「……薫？」

「早くしろッ。俺の気が変わらないうちに」

そう言われた高城だったが、常磐のことが気になって少しだけ躊躇《ちゅうちょ》していると、

「自分でするから出ていけと言っているんだ！　それとも、玲司がしてくれるのか？」

「……な、なにを？」

「だからッ、お前が俺のをくわえたりしゃぶったりできるのかと訊いているッ」

生々しい問いに息を呑《の》んだ高城は、顔を真っ赤に染めると、濡れた服をあわただしく脱いで、そのまま浴室から逃げだしていた。

それから数日後、サイクロン本社のFプロ室で、再び内部会議が行われていた。

前回、常磐が秘書の篠原に指示を出して調査した結果、ヴィンテル・ソフトが陽立アクセ

ルと手を組んで、すでに新しい光ディスクを開発していることがわかった。

もちろん、高城たちが作ったものとは違う方式の規格だ。

さらに悪いことに、すでに特許も出願されていて、特許公開も間近らしい。

ゆえにヴィンテル・ソフトも強気で、サイクロンの新しい光ディスク規格に賛同することを拒否したというわけだ。

過去には、パソコン機器などのハードメーカーがディスクの規格決定の主導権を握っていたが、最近はソフトメーカーの相対的地位の高まりに伴い、ソフトメーカーの意向を無視できない状況になってきているのだ。

そのあと、篠原はさらに調査をし、両社の光ディスクの性能を詳細に比べさせた。

そのデータ結果から明らかになったことは、ディスクの耐久性や容量など、性能のどれを取っても高城の光ディスクの方が優れているという事実。

その後、常磐はすぐに比較調査の結果データをヴィンテル・ソフトに提示し、企画と営業の社員を米国に送って再度交渉を持ちかけてみたが、ヴィンテルは陽立アクセルが開発した光ディスクの規格に賛同すると言って譲らなかった。

再度行われた交渉でも、両社の言い分は折り合わず、物別れに終わってしまった。

会議室で、篠原からこれまでの経過報告がなされたあと、開発責任者である高城は怒りをあらわにした。

「理由がわからない！　どう考えたって優劣は明白じゃないか。耐久性も容量も、ぜんぜん違う！」

純粋すぎる高城の意見に、柚木が淡々と相手の真意を告げた。

「我々の方式を採用することになると、ヴィンテルは相当な額のライセンス料を十数年にわたってうちに払わなければならない。彼らはそれを懸念しているんでしょう」

性能的な優劣は相手にも歴然としているのだろうが、今後の特許など知的財産権所有の関係でヴィンテルは優位に立ちたくて、手を組んでいる陽立アクセル方式を採用したがっている。

「もちろん、我々の狙いもそこにあります」

常磐が言うように、今回の交渉の狙いはそれだった。

採用される規格を自社開発の光ディスクに統一することで、今後の世界的な光ディスク事業の主導権をサイクロンが一手に握りたい。

そうなれば、今後数年間は業界をリードすることになる上、膨大な金額のライセンス料も規格を使用する企業側から流れ込む。

ゆえに、ヴィンテル・ソフトも容易には譲れないということだ。

「なんだよそれ！　そういう狭い了見は、新しい物を作る企業として最低だろッ？」

たしかに正論だが、常磐が反論する。

「高城さん、それは違うでしょう。企業は常に、どれだけ利益を見込めるかで動いているんです。あなたのように、理想だけで経営は成り立ちませんよ。こういった展開はある程度、私の予想範囲内です」

「そんなの、メーカーとしても、人間としても最低だろ！」

だんだん話に熱が入ってくる二人に、会議室内にいる他の社員は誰も口を挟めない。

「俺は根っからの技術屋だから経営のことはわからない。でも、規格の統一が図れないと、世界市場が混乱するだろう？　お客にとって、なにが一番大切かってことくらい、お前にだって本当はわかってるはずだ」

「それは相手も知っているんですよ。自社の方式に統一したいというのは、ヴィンテル側としても当然の言い分です。陽立アクセルに開発を依頼した時点で、すでに相当額の開発費がアクセルに流れているはずですからね。それを無駄になどできませんよ」

高城は、どうしても理解できない。

これまでも何度かジェイウッドの社長と、その点で論じ合ったことはあった。

だからこの社会に、純粋に物を作る者として許せない部分があることを、すでに知ってはいるが……

「じゃぁ、どうするんだよ。このままあきらめるのか？」

「まさか？　あとは別の方法で交渉するしかないでしょうね」

常磐は資料に視線を落とす。

「ようするに、金で解決するってことか？」

「ええ、そうです。企業はすべて、それで動いていますからね。金で解決できないことなんてありませんよ」

「待てよ。そんな汚い方法でしか解決できないはずないだろ？　他に説得する方法はないのか、もう一度よく考えてみろよ！　それがお前らトップの仕事だろ？」

「高城室長にはそんなことは関係ないでしょう？　一社員が口を挟むことではありません。黙っていてください」

予想以上に交渉が上手くいかず、ぴりぴりしている常磐だったが、意見さえ聞いてもらえない高城もやりきれない思いだ。

譲れなくて、さらに食ってかかる。

「正論を言っているのに、どうして相手を納得させられないんだ。それだけの製品を俺たちは開発したんだぞ！　あとは幹部であるお前らの仕事だろう！」

「だから、別の方法で解決しますと申したでしょう！」

「金で解決するなんて最低だッ」

机を叩いて高城は叫ぶ。

「だったらこうしましょう。陽立アクセルの工場の生産設備は、ほとんど我がサイクロン社が納入したものです。ですから今後、うちからの出荷を一切ストップします。工場の生産ラインが動かなければ、光ディスクの量産など不可能ですからね。代わりの設備を手に入れるにしても時間がかかる。そうなれば相手はうちの条件を飲むしかないでしょう。どうです？これでしたら、お金で解決していることにはならないでしょう？」

ヴィンテルに卑怯《ひきょう》な脅しをかけるという常磐だったが、それにも高城は反発した。

「そんなの、もっと最低だろ！　そんな卑怯なことするなよ！　俺たちがどんな思いで物を作っていると思ってるんだ。最低だな。お前の考え方も、お前自身も！　どうしてそんな駆け引きみたいな方法しか選べないんだよ。常磐のやり方は、会社の外でも中でも、いつも相手を説得するんじゃなく、力で押さえつけて屈服させているんだ。だからサイクロンの幹部には、そんな考えの卑しい奴らばっかしかいないんだ！」

歯に衣《きぬ》着せない罵倒《ばとう》に、常磐はひどくショックを受けていた。

「あいにく、私の周りには亡くなった父を含め、そんな人間しかいないんですよ。嘆かわしいですがね」

でもその強引な手口で、これまでサイクロン社はどんな局面も乗りきってきた。

「なぁ常磐、自分の周りに優秀な人材がいないのを、もっともらしく嘆くなよ！　知ってるか？　なんでお前の周りにそんな卑しい人間しかいないのか。それはお前自身が悪いからだ！　だから立派な人材が集まらない」

たまりかねて、ついに柚木が高城の肩をつかんだ。

「ちょっと待ってください、高城さん。それは言いすぎです！」

高城の部下たちもあわてて止めに入ったが、興奮した高城は止まらなかった。

「本当のことだろ！　なにが悪いんだよッ」

「そうですね。私は卑劣で卑しい人間ですから、周りにはいい人材がいないんです。本当にあなたの言うとおりですよ。高城室長」

開き直りを見せる常磐は、激昂を隠すことない荒々しい態度で席を立つ。

そして会議室のドアを開けた時にふと振り返り、こう言った。

「高城室長がそれほどサイクロンのやり方に賛同できないなら、あなたにはこのプロジェクトの室長の任を外れてもらいましょう」

それを聞いた高城は、愕然《がくぜん》と立ちつくす。

「では、私は先に失礼します」

そのまま会議室を出ていく常磐を、柚木は高城の代わりに廊下まで追っていく。

「待ってください！　常磐社長。すみません。あの、高城さんはとても純粋な人なんです。真っすぐで曲がったことが嫌いで！　世の中のいろんな汚いことを知っても、あれだけ純粋で熱い心を持っている人なんて俺は見たことがありません。だから、ストレートな言葉が時に相手を傷つけてしまうこともありますが、どうか許してあげてください！」

柚木はまるで自分のことのように、熱心に常磐を説得する。

「なぁ柚木。今、わかったよ。本当に高城さんの言うとおりだ」

その時の常磐は、大学時代のような話し方に戻っていた。

「こんな時でも、高城さんには熱心に追いかけて庇《かば》ってくれる誰かがいるわけだ。たしかに人間が悪い俺のことを庇ってくれる部下なんて、一人もいないみたいだな」

常磐は傷ついた表情を微塵《みじん》も隠そうとせずに話し、彼がどれほどショックを受けているのか柚木にもわかる。

「常磐……違うよ。それは、社長であるお前に誰も意見をすることのできないワンマンな経営体制を作っていることが悪いんだ。前に高城さんが言っていたし、俺もそう思う」

高城の名前を無意識に出してしまったあと、柚木はハッとしたように口をつぐむが……

「なるほど、さすがは高城さん。よく見ておいでだ。なぁ柚木。知ってるか？　俺は昔から、お前のことが嫌いだった。あたり前みたいに高城さんに認められて、いつも彼の隣にいるお前がなッ」

「常磐……お前が大学時代から高城さんを意識しているのは気づいていたよ。お前は憧《あこが》れていたんだろう？　どんな強大な権力にも屈せず、いつも凛《りん》と前を見て自分の夢のためだけに邁進《まいしん》しているあの人の生き方に」

柚木自身がそうだったから、彼には常磐の高城に対する憧憬《しょうけい》がわかっていた。

「あぁ、そうだよ。お前の言うとおりだ。俺はあの人に憧れている。あの無垢《むく》で純粋で強い人に、男として認められたいんだ！」

「だからか？　だから、砂奈ちゃんと結婚することにしたのか？」

柚木が真実を探るような視線を浴びせると、常磐はらしくなく目を伏せた。

「違う。彼女のことは……大切に思っている。本当に、愛している」

「常磐……」

そう声にする常磐だったが、彼の表情は苦しげで…

「それでも、だからこそあの人が、この俺を侮辱するなんて許せない！」

常磐は柚木に背を向けると、そのまま廊下の奥に消えていった。

高城は会議が終わったあと、自分が言いすぎてしまったことを、ひどく後悔していた。すぐにカッとなる性格は昔から承知していて、今回のことも、あそこまで常磐のやり方について批判するつもりはなかった。

彼の言うとおり、会社というものはあくまで利益を追求し優先するものであって、慈善事業ではない。

駆け引きめいた取引は日常茶飯事的に行われているものだと理屈ではわかっている。それを常磐自身の性格のことまで持ちだして非難してしまったことを、高城は心底反省していた。

Fプロ室に戻ってからもあれこれ考えたが、今日は早く帰って常磐の好きな料理でも作って待っていようと決めると、急いで会社をあとにした。

ところが高城がマンションの部屋に戻ってみると、意外にも常磐は帰宅していた。リビングのソファーに座った彼は、スーツ姿のまま、缶ビールを片手に煙草《たばこ》を吹かしている。

「あ、あの……もう帰ってたんだ。ごめん、遅くなって」

常磐の表情が、これまで見たことがないほど冷たい。

「……常磐、ごめんな。俺……今日は言いすぎた。ちょっと興奮してて、嫌な言い方した。本当にごめん」

反省の気持ちを伝えて詫《わ》びると、高城はソファーの脇《わき》に立って頭を下げた。

すると、今まで高城を見向きもしなかった男が、煙草を灰皿でもみ消し、皮肉な目をして顔をあげた。

「玲司……お前は、どうしてそんなに素直なんだ？　純粋にもほどがあって、よけいに腹が立つッ」

「え、ごめん！　俺って単純な直情型だから、カッとなると相手の気持ちも考えずに言いすぎる。ちゃんと自分の欠点をわかってるのに、また……本当に悪かったと思ってるんだ。ごめんなさい」

高城が相手の瞳を真っすぐに見つめて謝ると、常磐は苦い顔で目を逸らした。

「俺に……許して欲しいのか？」

「うん」

高城の汚れのない性格は、時折相手に、己の醜さを自覚させる時がある。

「それからさ、あの……プロジェクト室の室長を解任するって言ったことだけど…」

数ヶ月にわたって手塩にかけた光ディスク。

そのプロジェクト室を離れるなんて、絶対にできなかった。

「お前は、そんなことが気になるのか？」

だが、常磐はまた機嫌の悪い声で訊く。

「そんなことって……俺にとっては、一番大事なことなんだ」

高城が真摯《しんし》に訴えると、常磐は飲み干した缶ビールをテーブルに置いて、ゆらりと立ちあがった。

「玲司、よく聞けよ。お前は俺のことだけを考え、俺に従っていればそれでいい」

そう言った常磐に腕を捕まえられ、高城はそのまま奥にある部屋まで引きずられていく。

「え？　ちょっ…なんだよ。常磐？」

マンションの一番奥にあるその部屋には外鍵がつけられていて、これまで一度も中を見たことがなかった。

結婚式の日、初めて常磐に強引に抱かれた夜、鍵をつけた部屋を作ったと話していたのを覚えている。

逆らえばそこに閉じこめて、鎖で繋ぐと言っていたが…

「なぁ、よせって。まさか、嘘だよなッ？」

高城は信じられなくてドアの前で叫ぶ。

「言ったろう？　お前は俺のカナリアだと。だから玲司は俺の下でいつも綺麗な声で鳴いていればいい。それとも忘れたか？　俺に逆らえば『鳥籠《とりかご》』に閉じこめて躾《しつけ》をすると最初に釘《くぎ》を刺したはずだ」

躾という言葉に、高城はムッとする。

「躾だって？　バカ言うなよ。犬や猫じゃあるまいし、そんなの誰がされるもんかッ」

いくら常磐にひどいことを言ったとしても、躾けられるなんて絶対に我慢できない。

「跳ねっ返りの雌犬の躾は厳しい方がいい」

「常磐…お前、いい加減にしろよ！」

「違うだろう玲司、俺は薫だ。何度も言わせるな。そしてお前は今から俺に抱かれて、綺麗な声で鳴きわめけ。さぁ…来い！」

常磐は部屋のドアを開けると、高城を中に突き飛ばして照明をつけた。

「ッ……！」

そこは、とても殺風景な部屋だった。

床は板張りで、小さな窓が一つだけある。

白い壁の室内にあるのは、部屋の真ん中に置かれたアンティークな鋳物のベッド。

剝《む》きだしのベッドには、敷布も布団もなにもかけられていない。

そして明かりは燭台《しょくだい》のようなデザインの間接照明が壁に埋められていて、ぼんやりと室内を照らしているだけだ。

「今夜はこの『鳥籠』で抱いてやるよ。俺に逆らえばどんな目にあうか、思い知るといい」

そう言うと、常磐は嫌がる相手をベッドまで引きずっていく。

「放せッ！　放せって」

高城が暴れると、常磐はベッドの上に置いてあったなにかをつかみ、それをかざして見せつけた。

「さぁ見ろ。これがなにかわかるか?」

男がつかんでいるのは、銀色に光る長い鎖。

その先端にぶら下がっているのは、革製の首輪にしか見えない。

そして鎖の反対側の先端は、鋳物のベッドヘッドの飾りに固定されていた。

「お前は、今からここで鎖に繋がれて俺に犯される。いくら暴れても逃がさない。俺が満足するまで何度でも足を開いて俺をくわえ込めッ」

冷笑を浮かべている男は、完全に声を失って呆然としている高城のシャツからネクタイを引き抜き、さらに上着に手をかける。

「嫌だッ」

その瞬間、我に返ったように手を払いのけると、高城は身を翻した。

「馬鹿だな。俺から逃げられると思うか?」

反射的に高城の手首をつかんだ常磐は、そのまま腕を背中にひねりあげて床にうつ伏せに押さえつけ、スーツの上着を引きはぐ。

「痛ッ……ちく、しょッ」

さらに身体の下に手を入れると、シャツをつかんで力任せに左右に引っぱった。

加減のない暴力にボタンは弾け飛び、シャツの布が紙みたいに引き裂かれる。

「本当にやめてくれよ。常磐ッ、なぁ」

どんなに頼んでも許してもらえず、そのままズボンと下着まで簡単にむしり取られる。

「靴下は残しておいてやろうか？　どうだ」

「このっ…変態ッ！」

「俺は変態だと言ったろう？　まぁいい」

そして常磐は、高城の身に着けていたすべての衣服を脱がせてしまった。

「どうだ？　裸にされて恥ずかしいか？」

「あたり前だろッ…なぁ、頼むからやめてくれよ。こんなの正気じゃない」

「今さらなにを言ってる？　お前に再会した時から、俺はとっくに正気じゃないさ」

「……再会？」

それは、どういう意味だろうか？

気になったが…

「さぁ玲司。服の代わりに、これを着せてやるよ」

嫌な目をした常磐は、ベッドに固定された先刻の鎖をつかむ。

ジャラッという鈍い音がした。

「鎖はプラチナ製。首輪の革に埋められた石はダイヤだ。豪勢な首輪だろう？　お前のために特別に作らせたんだ。ほら、これで着飾らせてやる」

「やめろッッ。嫌だッ！」

高城が本気で抵抗したせいで、そのあとのすべての行為は紛れもない強姦《ごうかん》だった。

暴れる高城の頬を、常磐は本気で叩く。

「ッ……ぅ」

床に頭を打ちつけて低くうめくと、その隙に男に首輪をはめられていた。

「なかなか似合うぜ。さぁ、これでもう俺から逃げられない。いい子だから観念しろよ」

常磐はぐったりした肢体を、強引に四ッん這いにさせる。

冷たい床に、全裸で獣の形に這わされ、首には黒い革の首輪。

鎖は二メートルはあるほど長く、その先はベッドヘッドに繋がれていた。

「そうやっていると、本当に犬みたいだな。今度は可愛い尻尾《しっぽ》でもつけてやるよ」

屈辱的な格好をとらされ、さらに言葉でも辱められ…

「いいか、これだけは忘れるな。お前はもう俺の雌だ。未来永劫《えいごう》な」

傲慢《ごうまん》なセリフに、ジッパーを下げるジッという音と衣ずれの音が重なった。

「さぁ玲司、式の日からいったいどれだけ俺を焦らした？　今すぐ挿《い》れてやるよ」

這わされている高城には見えなかったが、抜きだされた常磐の雄は恐ろしいほど突き勃《た》って天を向き、節のような血管がドクドクと脈打っている。

それが容赦なく、小さな花の蕾《つぼみ》に押しつけられた。

「やッ……そんな、いきなりは無理ッ。無理だよッ。ア！　あ、いぁあッッッ」

部屋の淀《よど》んだ空気を裂くような悲鳴だった。

なんの前戯も施されないまま、高城はいきり立った男の凶器で無惨に刺し貫かれる。

「っ……さすがに、濡れてないとキツイな。ほら、動くぜ」

男がズッと腰を引いた瞬間、ぴっちりと雄をくわえ込んだ中が激痛を訴える。

「アッ！　痛ッ……ぁ、ぁぁ。痛いッッ」

「だろうな。今日は、手加減を一切していないからな」

おそらく内部が傷ついて血が出たのだろう、逆にそのあとはすべりがよくなり、抽送の痛みが和らいでいた。

最初から激しく腰を使う男に思うさま揺さぶられると、高城の腰の奥で熱いなにかが蠢き、一瞬にして肌がざわめく。

「…んぁぁ」

とっさに媚《こ》びたような甘い声が鼻孔から抜けてしまい、

「いい声だ。もう感じてきたのか？　さすがはＩＱ２００の頭脳。こっちも覚えが早い」

激しく首を振って前に逃げる。

「言ったろ？　お前はもう逃げられない」

その瞬間、鎖を引っぱられて息が詰まる。

「ぅ…ぐっ」

高城が両手で首輪をつかんで咳込《せきこ》むと、男はようやく鎖を持つ手をゆるめてくれた。

「逃げるなと言ったろう？　今度は殺すぞ」

チャラチャラと鳴る鎖の音が、高城の気力を根こそぎ奪っていく。

もう、どうしてもこのケダモノのような男から逃げられないのだと思い知らされる。

「さぁ、どうした？　もっと鳴きわめけ」

すでに高城には、他の選択肢はなかった。

「薫っ……頼むから、こんなのは嫌だ。もう逃げないから。お願いっ。これを外してっ」

こんな強姦みたいなセックスは嫌だった。

「もう泣いているのか？　でも、そうやって繋がれて床に這わされ、俺の下で悔しげに悶《もだ》えている玲司は最高にいい。たまらないよ」

男は美酒にでも酔いしれたかのような目でつぶやく。

「でも、せっかく泣いているんなら、その顔を俺にも見せろ」

ヒドい言葉でなぶりながら、無情な男は細い足首をつかんで高城の身体を強引に仰向《あおむ》けにひっくり返す。

「ぃやぁぁッ」

挿入されたままの身体を乱暴にひねられ、高城は悲鳴をあげて涙を降りこぼした。

「なぁ玲司。ナゼか俺は、お前が泣くとたまらなく感じるんだ。身体中を流れる歪《ゆが》んだ欲望が一気に満たされる。さぁ、もっとキツくここを締めて、俺を満足させてくれ」

「イヤだッ……ぁ、ぁぁ。ぅ」

壊れた男に内臓の奥の奥までを抉るように犯され続け、すっかり抵抗をなくした高城は好き勝手に貪《むさぼ》られ続ける。

「玲司ッ……出すぞ」

やがて男は、低く唸《うな》るようにそう言った。

「ダメっ…お願いだから中には出さないで」

懸命に懇願した直後、

「ぁッ……ダメ、ダメっ」

下腹の奥が一瞬にして熱いもので満たされてしまい、男が自分の中でイったことを高城は知る。

「ぁ、ぁぁ……ぁぁ」

「ほら、まだだぞ。まだまだだ」

それでも男の雄は萎えることを知らず、そのまま再び律動を開始する。

「嘘っ？ もうイヤだよっ…薫。お願いだから…中が熱くて、ヌルヌルして気持ち悪い」

困惑して高城が泣きを入れる。

「玲司。もう一回、今のセリフを言ったら、このまま抜かずに五回は犯すぞ！」

そのあとは、吐きだされた精液のヌメリのお陰で、抽送がずいぶん楽になった。

「見ろ。お前の血と俺の精子が交じり合って、孔からあふれてくる。これで玲司も少しは愉《たの》しめるだろう？ 感謝しろよ」

「アッ……ぁ、アァッ。もう、抜いて」

イイところを狙ったようにこすられて、高城もやがて快感に溺《おぼ》れていく。

どんなに心では拒絶していても、身体はこの暴君の好きに染めあげられてしまう。

その証拠に、高城の声音が甘く変わった。

「知ってるか？　玲司のここは、さわってもいないのに硬くなってるぞ」

自分の雄茎が今にも精があふれそうなほど硬くなっていることを指摘されても、恥ずかしいと感じることとさえできなかった。

「ほら、ここだろ？　お前のイイところは」

腰をがっちりとつかんで、男は高城の性感帯を徹底的に突きまくる。

「ダメッッ……奥はいやッ。お願いだから、そこは…ヤダッ。やめてっっ」

泣きじゃくって首を左右に振り乱す高城の痴態は、ますます男の征服欲をそそった。

「玲司……お前が誰のモノか言ってみろ！　言うまでイかせないぞ。さぁ、言え」

前立腺《ぜんりつせん》を抉るように刺激されて何度も高みに駆けあがるが、そのたびに男の指が高城の雄の根本をキツくつかんで射精を妨げる。

「やぁ……放して。手を……放してッ」

なりふりかまわないほどむせび泣きながら懇願する可愛い雌に、常磐は優しく問う。

「お前は誰のモノだ？　ん？」

優しい仕草で髪を撫でられ、もう高城に理性は残っていなかった。

「ぁ、っ…ぁ、ぁ…薫っ…薫の…もの。だからッ……早くッ……お願いっ」

「本当に俺のモノか？」

「薫のものだよ。薫の…ものだからお願い」

従順なその答えに、常磐はようやく満足げな笑みを見せる。

そして動きをゆるめると、すっかり硬く尖った紅いチクビを指先できゅっとつまんだ。

「だったら俺のモノだという証拠に、このチクビにニップルリングをはめてやるよ。近いうちに用意するから、楽しみに待っていろ」

「そ…そんなの、嫌だよッ。怖い」

「心配するな。ピアスじゃない。穴を開けたりはしないさ。チクビの周りに細いリングをハメてやるだけだ。俺の名前入りのな」

男はそう言うと、ようやく縛《いまし》めていた高城の雄の根本から手を離す。

「ぁ……ぁ、ぁぁ。ひ」

そして高城は、仰向けに転がったまま、ようやく初めての射精を許された。

痙攣したようにビクビク揺れる自らの腹に、白い液体を飛び散らせながらの射精。

その卑わいな様子の一部始終を、男は満足そうに真上から堪能《たんのう》した。

「ぁ、はぁ……は」

さんざん焦らされたあとの絶頂がどれほど凄絶《せいぜつ》なものかを、高城は身をもって教えられたのだ。

もちろん、そのあとも繰り返し抱かれた。

常磐は高城の額の傷に触れ、少しでも反抗すると徹底的にいたぶり、とことん屈服させるようなやり方を教え込んだ。

セックスの最中、高城は一度気を失ったが、顔に冷水を浴びせられて意識を戻すと、また気がすむまで犯された。

やがて高城が完全に放心状態に陥った頃、一つの誓約を交わさせられていた。

「いい子だな…玲司。お前を一生、可愛がってやるから、俺に生涯の服従を誓え」

完全に別の人格に変えられた高城は、男の望む言葉を無意識に紡がされる。

「さぁ玲司、『俺を好きに調教してください』と言ってみろ」

『ぁ…ぁ、薫っ……俺を……んッ……好きに、調教…してっ…ください』

そのセリフに、男はクククッと笑う。

「ようやく言ったな、玲司。可愛いぜ」

永遠に続くかと思われた蛮行がようやく終わった時、男は荒い息を吐きながらゆっくりと離れた。

長時間、腰を穿《うが》っていた芯《しん》が抜け落ちた高城は、そのまま手荒に床に放りだされる。

「今日はもういい。だが、お前はまだここで反省していろ」

そう言い残した常磐は、全裸にして犬のように鎖で繋いだ高城をそのままの状態で残し、あっさりと部屋から出ていってしまった。


高城が目を覚ましたのは翌日の昼だった。

重いまぶたを開けると、すぐに牢獄《ろうごく》のような部屋が視界に入る。

どうやら自分は、床に転がったままで眠っていたらしい。

激しい陵辱を受けた身体は隅々まで軋《きし》んで、容易に動くこともできなかった。

それでも腕を支えにようやく半身を起こした時、チャラっという耳障りな音に気づく。

見るとそれはプラチナの鎖で、自分の首には黒い革の首輪がハメられていた。

自分はまだ、犬のように鎖でベッドに繋がれたままだったのだ。

その衝撃は想像をはるかに越えるほど、高城の崇高な精神を痛めつける。

「どうして、こんなことっ……ちくしょう」

しかも、身体中に男の精液の匂《にお》いがこびりついていて…

昨夜の暴行は、高城のプライドを根こそぎ奪い取った。

受け入れがたい現実を前にして、高城は放心状態に陥り、夜までを繋がれて過ごした。

そして遅くなってから常磐が帰宅した。

『鳥籠』に入ってきた彼は、全裸で床に転がっている高城の傍らに立つ。

焦点の定まらない目で、ぼんやりと空間を見つめていた高城は、帰宅した常磐の姿を瞳に映した瞬間、身を起こして男に泣きついていた。

「玲司……どうした。少しは懲りたか？　ん？　反省したな？」

精気の抜けた高城が何度もうなずくと、ようやく常磐が首輪を外してくれた。

「……身体を洗いたいんだ。お願いだから」

嗄れた声で懇願すると、常磐は優しく抱きあげて浴室に連れていってくれた。

一人になりたいと頼み、シャワーの中で全身に染みついた男の匂いを流す。

立っているだけで、中に放たれた男の白濁が流れ落ちてきて、そのたびに座り込んだ。

それでも高城は懸命に指を中に入れ、奥に残った精液を掻きだすように洗い流した。

そして用意されていた服に着替えると、そのまま隙を見てマンションから逃亡した。


高城は重い足を引きずるようにしてマンションの地下駐車場に来ると、置いてあった自分の車に乗って、以前住んでいたアパートに向かった。

だが、そこにはすでに別人が住んでいて、管理人室を訪れて訊くと、常磐の代理人が来て、少し前にそこを引き払ったのだという。

すでに帰るところさえ奪われてしまっていたことを知った高城は愕然とした。

身も心もボロボロに傷つき、行くあてもなくなった時、最後に思いだしたのは砂奈と、そして優しい後輩のことだった。

「……助けてっ……柚木」

その名前を口にするとまた涙がこぼれた。

高城は柚木のマンションを訪れたが、彼はまだ帰宅しておらず、仕方なく部屋の前に座り込んで待つことにした。

ドアを背にしてぼんやりしながら、なんとなく妹のことを考えている。

常磐がこんな暴力的な顔を持っていることを、砂奈は知っていたのだろうか？

いや。紳士的な常磐が、女性に暴力を振るうなんて考えられない。

だとすれば彼は逃げた砂奈への怒りを、身代わりの自分だけにぶつけているのだろう。

「高城先輩！」

どのくらい時間が経《た》っただろう。

遅くに帰宅した柚木が、部屋の前でうずくまっている高城に気づいて駆け寄ってくる。

「先輩、いったいどうしたんですッ？」

柚木に支えられて立ちあがったが、なにも言えなくて、ただ泣いていると、彼は優しく肩を抱いて部屋に迎え入れてくれた。

「今日、先輩はカゼで欠勤だって聞いていました。だから部屋に帰ったら電話をしようと思っていたんです」

リビングのロングカウチに座る高城は、焦点の合わない目で壁を見つめている。

「ホットミルクです。温まりますよ」

そう言って手渡されたマグカップを受け取ると、高城はすぐそれに口をつけた。

温かい液体が胃の中に入ると、徐々に身体が温《ぬく》もってくる。

高城の隣に黙って座った柚木は、たった一日で、すっかり憔悴《しょうすい》した高城に、不審な目を向けていた。

「先輩、その首のアザ…どうしたんです？」

細い首に、締められたような痕が残っていて、柚木はすぐそれに気づいていた。

「これはッ……なんでもないんだ」

動揺した高城は、空になったカップを思わず落としそうになって、あわててテーブルに置く。

追及に答えないでいると、柚木はいきなり高城のシャツをつかんで強引に捲《めく》った。

「やめろってッ……ぁっ」

そして彼は思わず息を呑む。

ヒドい情交と暴行の痕が混ざるようにして残っていたからだ。

「先輩！　いったい…なにをされたんですッ？」

いつもの柚木の温厚さが失われ、今の彼は殺気立った表情を隠そうともせず、高城は怖くてとっさに両手で耳をふさぐ。

相手が怯《おび》えているのに気づき、柚木はすぐに謝罪した。

「違います、ごめんなさい先輩。俺を怖がらないで……アイツに、よほどヒドいことをされたんですね？　でも、まずはちゃんと手当しなくちゃ」

そう言うと、柚木は救急箱を持ってきた。

「とにかく、服を脱いでください」

「いいから。本当にッ……やめて…」

泣いて嫌がるのには取り合わず、柚木は高城のシャツとズボンを半ば強引に脱がせる。

下着だけになった高城の姿に、彼は目を見張った。

なめらかな肌に無数に残る鬱血《うっけつ》の痕。

「こんな、ヒドい……首だけじゃない。こんな……身体中にッ」

まるで所有の証《あかし》を刻むかのように、紅い痕は身体の隅々にまで及んでいた。

昨夜、高城の身になにが起こったのかは、まさに一目瞭然《りょうぜん》だった。

さらに綺麗な太股の内側には、血の痕が見えて…

「ここも見せてください！」

強い口調で言うと、柚木は細い身体をロングカウチの上にうつ伏せにして、下着まで強引に抜き去ってしまう。

「嫌だっ……柚木。頼むからっ」

弱々しい拒絶が高城の唇から漏れると、それを聞いた柚木はナゼかいらだちを覚えた。

「先輩っ……ちゃんと見せてッ！」

華奢《きゃしゃ》な腰だけを高く持ちあげると、高城は泣きながらカウチの肘《ひじ》かけにしがみつく。

こんな恥ずかしいところを真うしろから後輩に見られ、死にたくなるほど惨めだった。

「嘘だッ……高城先輩」

柚木が目にした小さな孔は傷ついていて赤くなっていて、彼は信じがたい現実に直面する。

「……常磐に、強姦されたんですか？」

鋭い問いに一瞬で青ざめ、唇を震わせる高城の様子から、柚木はすべてが真実なのだと認めざるを得なかった。

「アイツに…無理やり抱かれたんですね？」

ついに核心に触れられても、高城は肯定することなどできなくて左右に首を振る。

「痛いでしょう？　赤く傷ついて、血の痕が残っています。だから手当をしましょう」

「いいよ。そんなこと、いいからッ」

この上、手当をされるなんてことは、高城は絶対に嫌だった。

「ちゃんと消毒して薬を塗らないと」

「そんなのいらないって。嫌だよ」

高城は情けない声で必死に訴える。

「ヒドいことはしません。ただ先輩を助けたいだけです。俺のこと知ってるでしょう？」

そう言った柚木は、救急箱を開けると、丸い脱脂綿に消毒液を含ませ、傷ついた孔に丁寧に消毒を施し始める。

「ぁあッ……ぁ」

傷口が染みて高城は目尻から涙をこぼす。

いつもは気丈で凛とした彼が、こんなに弱って綺麗な声で鳴いている姿に、柚木は腰のあたりが熱くなるのを感じてしまう。

「柚木……痛いよ。お願いだからっ」

懸命に振り返って訴える高城。

皮肉なことに、苦しんでいる先輩の表情が、柚木の潜在的な欲望を目覚めさせてしまった。

「ダメだッ……俺は、なんてことをっ」

だが、一瞬でもそんな不埒《ふらち》な気持ちになった自分を、柚木はすぐに恥じる。

大学時代、高城が時々、同性から恋愛の対象にされていたことは知っていたし、そんな連中のことをずっと嫌悪してきた。

高城をかわいそうだと慰めてきた自分が、実は彼らと同類だったのではないかと、そんな疑念が初めて柚木の中に生まれる。

「今度は、化膿《かのう》止めの軟膏《なんこう》を中に塗りますから、もう少しじっとしていてください」

「もういいよ！　やめてッ……もう、大丈夫だから……お願い、柚木っ」

必死に訴える言葉を無視し、柚木はチューブの中身を指先に押しだすと、それを高城の孔の周囲に塗りつける。

「やッ……嫌だって。痛いからっ」

「ガマンしてください。中にも塗りますから」

最初は痛がっていた高城だったが、柚木の指先が少しずつ中に埋まって薬を塗り広げるうちに、徐々にその息を乱し始めた。

「は、はぁ……ん、ぅ……ぁ」

そして指先が奥まで進み、ついにある箇所に触れた瞬間、声音が信じられないほど甘くこぼれた。

「ぁぁッ……んッ……やっ。んぁッ…」

普段の凛とした彼からは想像できないほど鼻にかかった甘い声に、柚木は愕然とする。

「先…輩……?」

「イヤだよっ…そこはダメ…お願い。薫っ、薫…」

無意識に誰かの名を呼び続ける高城。

ややあって、それが常磐のファーストネームだと思いだした柚木は、その瞬間、身を灼《や》かれるほどの激しい嫉妬《しっと》を覚えた。

「もう、抜いてッ……お願いだからっ、指を抜いてッ。あぁ…薫」

それと同時に、今まで感じたことのない欲望が内臓の奥から湧きだし、それが見る見るあふれて形をなす。

「先輩っ……俺はッ」

下肢が熱を集めて硬くなっていた。

この日、柚木は己の肉体の変化から、自分の中に潜在していた高城への情熱を、初めて自覚することになった。

手当が終わっても、まだ泣きやまない高城を優しく抱きしめ、柚木はその髪を撫でる。

「柚木……俺、室長を解任されたんだよな」

やがて、そんな言葉が漏らされた。

開発に技術者としてのすべてを捧《ささ》げている高城が、そのプロジェクトから外される。

そのショックが、どれほどのものか柚木にはよくわかっていた。

「ねぇ、高城先輩。先輩の説く道はいつも正しい。でも、正論だけでは世間に通用しない時もあるんです。あなただって、それを知らないはずがないのに……いつも真実を貫こうとする。その純粋さと強さに憧れ、みんながあなたに惹《ひ》かれるんです。でも、だからこそ傷つくことも多いんでしょうね」

「俺……まだお前と一緒に仕事をしたいよ」

高城は鼻水をすすりながら訴える。

「忘れてください、今はそんなこと。きっと、常磐社長は本気じゃなかったんです」

「でも…」

「先輩、どんなことがあっても、あなたは必ず俺が守りますから。信じてください」

その言葉は、今の高城にとってなにより心強かった。

泣いている高城を抱いて、柚木はそのまま朝まで眠った。

その夜、替玉の花嫁にまで逃げられた常磐は、一睡もできないままソファーで一夜を明かした。

いつも起床する時間になってから、思いだしたように立ちあがってキッチンに入ると、そこには当然のことながら誰もいない。

この数日間は、毎朝テーブルの上には温かい朝食の用意がされていた。

綺麗な声で荒っぽく起こされてキッチンに入ると、みそ汁のいい匂いがした。

フライパンで卵を焼いている彼は、エプロンがとてもよく似合っていて…

「玲司……」

一昨日《おととい》の会議の席で厳しい指摘をされた。

自分でも一番醜いとわかっている部分を遠慮のない言葉で鋭く指摘されたことで、我を失ってしまった。

沈着冷静を自負する自分が意外なほど逆上してしまい、怯《ひる》むことなく意見をしてくれた彼を、力でさんざん傷つけてしまった。

あんなヒドいことをしたのだから、出ていっても当然かもしれない。

自分が彼にしたことは、まさにこれまでの強引なやり方そのものだったからだ。

意のままにならなければ力で屈服させる。

彼の指摘が身に染みていた。

「俺は、どうすればいい…」

たまに失敗をすることはあっても、それでも高城が一生懸命、仕事と家事を両立していたことを改めて思いだす。

コンロの周囲には、数々の調味料が残されている。

いつの間にか増えていたそれらは、高城が料理をするために買いそろえたものだろう。

バジルと書かれた小さなガラス瓶を手にすると、一気に後悔がこみあげた。

「玲司……どこにいるんだ」

高城が住んでいたアパートは、帰る場所を残さないためにと、篠原に命じてすでに引き払っているはずだ。

だから、考えられる場所は一つだった。


あれだけの暴行を受けた高城だったが、今日はいつもどおりの時間に出勤した。

仕事だけは意地でもやり通したくて、痛む身体を押して仕事を続けている。

九時半になり、いつもの出社時刻より一時間遅れで常磐が開発室に入ってきた時、高城は彼を一瞥《いちべつ》しただけで視線をPCに戻した。

一瞬だけ目が合ったが、その時の常磐は、明らかに驚いた表情を見せた。

おそらく自分が、今日は出社できないとでも思っていたのだろう。

残念だけど、俺はそんなにやわじゃない。

強がりだと高城にもわかっていたが、今は気丈にふるまわずにはいられなかった。

それからの常磐は、明らかに自分を意識している。

わかってはいたが、彼の暴行を簡単に許すことなんかできなかった。

「高城室長、少しお話があります。来てください」

昼休み、柚木と一緒に昼食から戻ってきた高城は、コーヒーを買いに一人で自販機に寄った帰りに常磐に拉致《らち》され、無理やり資料室に連れ込まれた。

「俺はもう室長じゃない。お前が解任したんだろッ？」

高城は嫌味を口にしながら、つかまれた腕をほどこうと躍起になる。

「今、誰のところにいる？」

二人になると、とたんに暴君の口調に戻る常磐。

でも、その問いに答える義務なんかない。

「早く帰ってこい！　お前は俺の妻だということを忘れたのかッ」

「イヤだ。俺は二度とあんなところには帰らない！」

あっさり拒絶されたことが、常磐には許せなかった。

そして、またいつものように目を細め、意地悪な表情を見せる。

「玲司がその気なら、お前の妹が俺を裏切ったことを世間に公表してもいいんだ」

「どうしてお前は、いつもいつも、そんなことしか言えないんだよ！　本当に最低だな」

脅迫めいた言葉を吐いた常磐の顔が、すぐに苦しげに歪んでいく。

「ッ……玲司」

その言葉は、予想以上に常磐を傷つけた。

「俺はただ、薫に……」

一言でいいから謝って欲しかっただけ。

高城だって、会議の席で自分が言いすぎたことはわかっているし、反省もしている。

だけど、あんなひどい暴行をした常磐に、一度でいいから謝って欲しかった。

でなければちゃんと向き合えないし、ましてや相手を許すことなんかできない。

男である自分が、替玉とはいえ、女の代わりをさせられる苦痛。

それが、どれほどの屈辱なのか。

少しでも常磐に理解して欲しかった。

「放せよ。俺は俺のものだ。お前のものなんかじゃないよ。薫なんか大嫌いだ！」

高城がそう告げると、腕をキツくつかんでいた掌が呆気《あっけ》なく離れた。


それから三日。

高城と常磐の関係に進展はなく、高城はずっと柚木のマンションに居候していた。

そこから毎日通勤もしていたが、常磐の顔色が昨日から悪く、少し気になっている。

昨夜も遅くまで仕事をしていたらしく、今日は特に顔色が悪かった。

アイツ、ちゃんとゴハンとか食べているんだろうか？

いくら仕事に集中しようとしても、高城は気になって仕方がなかった。

午後になり、原型開発した光ディスクに改良を加えるため、実験室に一人で籠《こも》っていると、
そこに秘書の篠原がやってくる。

「高城室長、少しお話があるんですが」

「……今は手が放せないんだ」

「じゃぁ、そのままでいいから聞いてください。実はちょっと頼まれてきたんです」

篠原はそう言うと、綺麗に包装された包みを実験机の脇に置いた。

リボンには有名ブランドのロゴ。

「なんだよ、これ？」

「腕時計らしいです。プレゼントでしょうね」

誰からと、訊くまでもなかった。

「差し出がましいですが、常磐社長との間になにかトラブルでもありましたか？　いえ、私はお二人が今、ご一緒にお暮らしになっていることは知っています。砂奈さんが帰られるまで、室長が花嫁の代わりに家事をなさっているんでしょう？」

本当に家事だけなら、こんなふうに悩まないと高城は思った。

「なにがあったのか知りませんが、社長のことを許してもらえませんか？」

「篠原さん、この時計…高いのか？」

「サブマリーナの最高級品をご指定でしたから、二百万は下りませんね」

金持ちの考えることは信じられないと、高城はつくづく思った。

時計なんて、デジタルでストップウォッチがついているものが、実験の時に実用的で一番いい。

「俺はいらないよ」

「高城室長、こんなことを私が言うのはどうかと思いますが、常磐社長はああ見えて、かなり不器用な方なんです」

最近、そうかもしれないと少しわかりかけていた。

「生まれながらのおぼっちゃまで、家政婦や料理人がたくさんいる豪邸で、なに不自由なく育てられた。子供の頃から父親に徹底した帝王学を叩き込まれた男ってのは、ある意味かわいそうなもんです。悪いことをしても、どうやって謝ったらいいのかわからない。まるで幼児です。私から見れば、ごめんなさいの一言で解決することに見えますがね」

おそらく、常磐はねじれてしまった関係をなんとか修復したいと思っているのだろう。

だけど、元来、自ら頭を下げたことがないだけに、どう行動していいか、わからないのかもしれない。

「……篠原さん。でも」

高城はブランドのロゴを見つめながら、困惑の表情をあらわにしていた。

「まぁ、私ならこんなプレゼントをされたら逆に怒りが増幅しますね。だから高城室長の今の気持ちもよくわかります。でも、これがあの人なりの精いっぱいの謝罪の表現なんですよ。きっと」

一緒に住んでみて、彼への偏見がずいぶんなくなった。

でも……

「もらえないよ」

ROLEX

「だったら、悪いですが室長ご自身が、直接社長に返してくださいませんか？」

「篠原さん、俺はもう…室長じゃないって」

頑《かたく》なな態度に、篠原はため息をつく。

「たしかに社長は、あなたを解任すると言われましたが、あれはなんというか…ようするに勢いですよ。到底、本気じゃありません」

篠原の言うとおりなのかもしれないが、それでも命じられたのなら従う他はない。

自分はあくまで、彼の部下なのだから。

高城自身も、まだ意地を張ってしまう自分を持て余している。

「わかったよ。俺が直接、返しにいくよ」

篠原に頭を下げられ、断りきれない高城は、仕方なく承諾した。


その日の午後、Fプロが開発した光ディスク商品の、社内向けプレゼンテーションがあった。

だが直轄担当である常磐社長は、そこに出席しなかった。

発表を任されたのは、プロジェクト室長を解任された高城の代役、柚木だった。

画期的な新商品の開発に、集まった役員や社員たちからは拍手と大喝采《だいかっさい》が起こった。

滞りなくプレゼンが終わったあと、高城は不審に思って秘書の篠原に訊いてみた。

いくら自分と冷戦状態にあるとはいえ、常磐がプレゼンを欠席するとは思えない。

そして高城は、常磐が他社で行われた会議に出席するための移動中に、倒れたことを初めて知らされた。

「社員によけいな心配をかけるから黙っていろとの社長からの言いつけでしたが……実は先刻、松永《まつなが》病院で点滴をされ、今はマンションに戻っておられます。高城室長には絶対話すなとおっしゃったんですが、あなたの方から訊かれたんですから、答えてもよかったですよね？」

作り笑顔の篠原に、重ねて問う。

「倒れたって…アイツ、どこか悪いのか？」

「えぇ……実はですね、社長は高城室長に痛いところを指摘されたあの会議の日から、何度もヴィンテル・ソフトの幹部と電話会談をされ、我が社が開発した光ディスクの性能のよさを訴えて説得を試みておられました」

「え……」

知らなかった。

常磐が、陰でそんなに動いていたなんて…

「まぁ、あれだけ働けばダウンもしますでしょう。ようするに過労ですね。きっと今頃は、マンションで眠っておいでですよ」

ワンマンな常磐は、他人の忠告に耳を傾けるような奴じゃないと決めつけていたのに。

「ごめん篠原さん。ちょっと今日は、このまま帰るってFプロのみんなに伝えてくれるかな」

高城が頼むと、篠原はとても満足げな顔で、行ってらっしゃいと言った。

その足で、高城はマンションに戻った。

玄関には常磐の靴がきちんと並べてあって、少し安堵しながらも、廊下の奥にある寝室に向かう。

ノックは控えて、そのままドアを開けて入ると、ベッドには常磐が眠っていた。

強姦され、柚木のマンションに逃げ込んでいたのはわずか数日の間だったが、彼はとてもやつれた表情に変わっていて、高城は急に息苦しくなって目頭が熱くなる。

常磐に対し、子供じみた意地を張っていた自分を、急に恥ずかしいと思った。

高城は足音をたてずにベッドに近づき、ひざまずいて疲れた様子の男をのぞき込む。

「……あぁ、玲司か？」

おそらく数時間は眠ったのだろう、人の気配を察したのか、常磐が目を覚ました。

「いいよ。まだ顔色が悪いんだから、もう少し寝てろって」

上体を起こそうとするのを高城が止める。

「どうした？　ナゼこんな時間に、お前がここにいる？」

「別にいいだろ！　俺がいたって。だって、ここは俺のマンションでもあるんだし」

思わず意地っ張りなセリフが漏れると、常磐は優しく目を細めて嬉しそうに笑う。

「そうだな。ここは、お前の部屋だったな」

「そうだよ！　それに、お前が俺のアパートを勝手に引き払ったんだから、もう帰るところはここしかないんだ。だから、俺がここにいてもいいだろッ」

「あぁ玲司の言うとおりだよ」

怒って興奮しているくせに、高城の瞳からは涙がポロリとこぼれてしまう。

「玲司は昔から気が強いくせに泣き虫だな」

そう言って優しく髪を撫でてくれる常磐。

「そうだよっ。悪いかよ！」

「でも、そこが可愛い」

「うるさいっ。でも、いつもいつも誰が泣かせてるんだ！　忘れたなんて言うなよなッ」

泣きながら責めると、常磐は「あぁ、俺だったな」と、つぶやいて苦笑する。

「でも、もし他にお前を泣かせる奴がいたら、俺は絶対許さないぞ。お前を泣かせていいのは、この俺だけだからな」

傲慢で独占欲の強い意地悪な男。

「なんだよ、それ！」

「知ってるか？　お前の泣き顔はけっこうクる」

ぬけぬけと、そんなことを言う。

「このっ…変態っ」

「でも、玲司はその変態の妻なんだろう？　俺が恋しくて帰ってきたんだろう？」

本当に、そうなのかもしれない。

「馬鹿！　そんなわけないだろッ」

でも、強情な高城はきっぱり否定し、そのあと、思いだしたように箱を取りだした。

「なぁ薫……これ、返すよ。こんな高価なもの、俺はもらえない。それに、こういうの……俺はあまり嬉しくないんだ」

箱の中身は、高価なブランドの腕時計。

「でも、お陰でお前はこうして俺を心配して戻ってきてくれた。それで充分効果ありだ」

相変わらず強がりな常磐がしてやったりという顔をしたので、高城もなにも言えなくなる。

「いいからそれは、もらっておけ。もし玲司がいらないと言うなら捨てる」

そんなもったいないことを、男は平気で言いだす。

高城はため息をついて、仕方なくそれをしまった。

内心では、こんな高価な時計は、怖くて絶対腕にはめられないと思っているのだが……

「なぁ、薫。この前の会議のことだけど」

もう一度、ちゃんと謝らなければならないと思っていた。

「本当に悪かったと思ってるんだ。俺、言いすぎてしまって」

それを聞いて、常磐は渋い顔になった。

「玲司……俺は、今さら自分のやり方を変えることはできない。これが、サイクロン社のやり方だから。たとえどれだけお前に卑怯だと言われようとな」

人間、意見が違うのは仕方のないことだ。

でも今は急がず、少しずつでもお互いを理解できればいいのかもしれない。

それでも常磐が、こんなになるまで熱心にヴィンテルと交渉を続けていたことは聞いた。

少しは、わかってくれたのだと思う。

今はそれで充分だ。

「わかったよ。でも、だからって、もうあんな乱暴なことはやめてくれよな」

鳥籠に閉じ込められ、鎖に繋がれて強姦された夜。

「悪いが、それは約束できない。あれも俺のやり方だからな。でも、この前の夜はさすがにやりすぎた。悪かったと思ってる」

反省の意味を含んだ言葉が返ってきたのは初めてのことで高城はかなり驚いたが、それと同時に、初めて二人の距離が少し縮まった気がして嬉しかった。

「なぁ玲司、お前はどうして戻ってきた？」

先刻うやむやにしていた返事を改めて求められると困るが、この暴君はどうしても言わせたいらしい。

「えっと。うん…だからその…薫のことが」

かわいそうに思えたから…などとは、このプライドの高い男にはさすがに言えない。

「俺が、なんだ？」

「だから、薫が…心配だったからだ。ちゃんとゴハン食べてるのかな？　とか思ってた」

「メシか。ここ数日はずっと外食だったな」

「なんで？　田園調布《でんえんちょうふ》の実家に戻ればよかったじゃないか？」

何気なくそう訊くと、

「俺の留守中に、もしかして玲司が帰ってくるかもしれないだろう？」

するりと返ってきた言葉に、またしても胸の奥がズキズキしてしまう。

この男はどうしようもない傲慢な男だけど、彼は彼なりに、自分が帰ってくるのを待っていてくれたのだとわかった。

非常に不覚だったが、また涙が出てくる。

「おい、今度はナゼ泣く？」

「泣いてないって！」

ポロリポロリと、綺麗な涙は流れ続ける。

「まぁ、お前は昔から、そこが可愛い」

「だからッ！　可愛いって言うな！」

何度も繰り返したセリフ。

「そうだったな」

相変わらず、尊大な態度で笑う常磐が憎らしい。

「玲司。どうやら俺は、普通の人間と違うらしい。冷たい血が流れているみたいなんだ。でも、どこが人と違うのかわからない」

「……うん」

それはきっと、彼の生い立ちのせいだということがわかって同情に似た気持ちになる。

だから高城は、哀れむようなまなざしを向けていたのかもしれない。

そのせいか常磐が急に偉そうな顔になる。

「それにしても、俺の芝居が、こんなに上手くいくとはな」

「は？」

彼はいきなり、なにを言っているのだろう？

「芝居？」

「そうだ。あんなのは芝居に決まっているだろう。俺が過労なんかで倒れるわけがない。実は篠原と二人で一芝居打ったまでだ。でも、予想以上に上手くいったな」

顔色の悪い男は、強気な目をして言う。

「なんだよ。やっぱりそうだったのか」

だから仕方なく、高城は常磐の顔を立てて、その芝居につきあってやる。

でも本当は、もうわかっていた。

それが彼の強がりだってことが。

「なぁ、薫。夕飯まだだろ？　今から作るけど、なにが食べたい？」

「そうだな。あったかいものがいい」

「うん。わかった」

わがままを言われることが不思議と嬉しくて、なんとなく笑顔になって立ちあがった高城の背中に声がかかる。

「あぁ、言い忘れていた。お前をプロジェクト室の室長から解任すると言ったことだが、今、撤回する」

高城は驚いて振り返ると、こう返した。

「そんなのあたり前だろ！　俺の他に、誰があのFプロをまとめられるんだよ！」

数日後、世界市場の混乱を避けるために、是が非でも光ディスクの規格を統一したいと願う高城の要請で、最後の会議が行われた。

サイクロン社側は、万全の体制でヴィンテル・ソフトの幹部を日本に招いたのだ。

今回はトップのみならず、高城や柚木を含むサイクロン社側の技術者と、ヴィンテル側のディスク開発を担当した陽立アクセルの技術陣も出席し、三十名ほどの大規模な会議となった。

その席上では、もちろんすべての会話が英語で交わされる。

サイクロン社の幹部会議室で始まった会議は最初から意見のぶつかり合いとなり、時間が経過しても両社とも、自社の勧める方式を採用したいと主張して譲らない。

もちろん、ヴィンテル側の技術者から見ても、高城たちが提案した方式が優れていることは明白だった。

会議の中で、高城は自分が独自に調査した詳細な実験結果を報告したが、それでもヴィンテル・ソフト側は主張を変えず、互いに平行線のままだった。

その後も黙って両社の話を聞いていた高城だったが、どうしても納得がいかない。

本来、物を作る人間として一番大切にしなければならない『より、お客様に満足を与える商品を提供する』ということが、ないがしろにされている。

それが、どうしても許せなかった。

言い争う両社のトップや企画社員の様子を目の当たりにしているうちに、高城は無性に情けなくなってくる。

気がついた時には、机にバンと手をついて立ちあがっていた。

「俺が、最初に電気製品らしいものを作ったのは七歳の時だった」

いきなり始まったスピーチに、議論をしていた誰もが思わず口を閉ざして高城を見る。

「うちの家は牧場の経営をしていたから、母が朝、牛舎の大きな戸を開けるのが日課だったんだ。俺は毎朝それを見ていて、モーターを使って自動で戸の開閉をする装置を作った。そうしたら、母さんにとても喜ばれたんだ。その時の言葉を今も覚えてる。『これで母さんの用事が一つ減って楽になるわ』って。その時思った。俺は、俺の作った物で、みんなが楽になったり便利になったり、今よりもっと幸せになる、そんな物を作りたいって。それが俺が物を作り始めた原点なんだ」

高城は夢中で話し続ける。

その瞳は熱意に満ちていて、誰も口を挟めなかった。

「だから俺は、世界中の人の生活が楽になるような物作りをしたい。そして『便利になったね』って喜んでもらいたい。そのために働いているんだ。そうだろう？　そっちのアンタらも技術者なら、少なくとも物を作る楽しさを知ってるはずだ。それを、どっちが特許をたくさん持つかなんてつまらないことで争うなんて恥ずかしくないのか！　お前らみんな小さいよ！　物を作っても、いい商品じゃなきゃダメなんだ。最高の物を作るために俺らがいるんじゃないか！　お前らだってわかるだろ？　世界中の人々の幸福に貢献したいくらい言えないのかよ！　そんなちっさい奴らのために、俺はこの光ディスクを開発したんじゃない！いいか、俺たちが規格を統一しなければ、絶対に市場は混乱するんだよ。世界中の人たちみんなが困るんだ！　ホントはわかってるんだろ？」

話しているうちに興奮した高城は、鼻をすすって涙をボロボロこぼしながら、それでも最後にこう伝えた。

それは、その場にいる誰もが予想もしなかった条件だった。

「そっちがもし、規格の統一に賛同してくれるなら、俺たちの作った光ディスク生産の技術供与を無償でする。それに、特許料なんかいらないから自由に使ってもいいよ。それが世の中のためになるんならかまわない！」

幹部になんの了解も取っていない唐突な意見だったが、その言葉は高城の人間性の深さを、その場にいる誰もにわからしめる発言だった。

すべてを話し終わったあと、高城は熱から冷めたみたいに我に返った。

すぐに、周囲がシンと静まり返っていることに気づく。

その上、自分がその場の全員の注目を浴びていることにも…

それでも、とにかく言いたいことは言ってしまったのだし、もうどうしようもない。

あとに引けなくなった高城は、気まずい状態の中で書類をまとめ、そのまま深々と頭を下げると会議室を出ていってしまった。

廊下を急ぎながら、猛烈に反省する。

先日の今日で、また自分は勝手なことを言ってしまったのだ。

本当に情けなくてしょうがないが、今さら後悔しても遅いし、これが自分の性分なんだから仕方ないかもしれない。

とにかくもう、開き直ることにした。


その夜、高城はまたしても自分が短気を起こして爆弾発言をしてしまったことを大いに反省し、がんばって夕飯を作って待っていたが、遅くなっても常磐は帰ってこなかった。

気になったが会社に連絡を入れる勇気もなく、不安になって柚木に電話をしてみたが、携帯の電源が切られていて繋がらなかった。

翌日は休日だったため、昼もずっと家で待っていたが常磐からは連絡一つない。

おそらく会議での自分の勝手な発言のせいで、彼を困らせているのだと思うと、情けなくてたまらなかった。

「薫はきっと怒ってるんだ。この前も同じようなことをして会議で怒らせたのに、今度はまたヴィンテルの重役を怒らせてしまって…だからアイツ、帰ってこないんだよ」

高城はリビングのソファーに座って、考え込んでいた。

テーブルの上には、連絡があればすぐに出られるようにと携帯電話が置いてあるが、それは一向に鳴る気配がない。

本当に不安でたまらなかった。

今すぐ逃げだしてしまいたいと思ったが、他に行くところもなくて…

そうそう柚木のところにばかり、転がり込むわけにはいかないし、彼にはまだ連絡がつかなかった。

悪いことばかりをぐるぐる考えて、そんな時、高城はふと砂奈のことを思いだした。

仕事で落ち込んだ時は、いつも砂奈がさり気なく励ましてくれたからだ。

「アイツ。今…どうしているんだろう?」

信じて待っていて欲しいと、置き手紙を残して消えた優しい妹。

きっと、なにか事情があるのだと思う。

彼女だって分別のある大人なのだ。

だから信じて待ってやりたい。

そして、もし砂奈が帰ってきたら俺は…

「晴れて替玉から解放されて、自由になれるんだよな？」

そう口にした瞬間、また胸の奥がツキンと痛んだ。

やっと常磐のことが、わかりかけてきた。

ナゼかもう少し一緒にいて、彼のことをもっと知りたいと思っている不可解な自分。

「俺、なんかおかしいよな？　もう少し…常磐と一緒にいたいと思ってる？」

でも、常磐は砂奈の…

その時だった。

いきなりリビングのドアが開いて、急に部屋が明るくなる。

「どうしたんだ玲司？　電気もつけずに」

暗がりの中、リビングのソファーでうずくまっていた高城のもとに、常磐があわてて近づいてきた。

「気分でも悪いのか？」

心配げな目で見下ろされると、いきなりまぶたが熱くなって不覚にも涙がこみあげてきた。

本当に泣き虫で、自分でも嫌になる。

「薫っ……薫」

高城は子供みたいに泣きながら、目の前の男にしがみつく。

「お、おい。どうしたんだ？　なんで泣いている？」

常磐は急いで高城の隣に座ると、その肩を抱いた。

「ごめん薫。俺……また勝手なことを言ってヴィンテルの幹部を怒らせた。最後の会議だったのに……破談になったんだろ？　サイクロンにもお前にも、また迷惑をかけた」

「え？」

髪を優しく撫でている手が急に止まる。

「玲司、なにか勘違いしているな？　お前に連絡できなかったのは悪かったが、俺もいろいろ忙しかったんだ。急に相手が規格の合意に応じることになって、それからは過密スケジュールで大変だった」

高城がハッと顔をあげた。

「……今、なんて？」

それは我が耳を疑うような発言だった。

「だから、ヴィンテル・ソフト側がサイクロン提案を受け入れ、規格の一本化に合意したんだ。どうした？　お前、まさか……知らなかったのか？」

高城だけでなく常磐も本気で驚いている。

「なに？　知らないよ。だって！」

「柚木に聞いてないのか？」

「電話したよ！　家にも携帯にもかけたけど、出ないからッ」

「あぁ、そうか。玲司の代わりに、柚木にはいろいろその件で押しつけたからなぁ。アイツも昨夜は会社に泊まったよ」

信じられない。

「なぁ、本当に本当なんだよな？　でも、なんで急に？」

半信半疑の表情の高城に、常磐はやわらかく笑って語り始めた。

「すべては、お前のお陰だよ玲司。あの会議の席で、お前が熱弁を振るって飛びだしたあと、ヴィンテル・ソフトのサーマン社長が急に話し始めたんだ」

「……なにを？」

「お前に刺激されたのかな？　初めて作った自動洗濯物絞り機のこと」

「へ？」

「それから、今度はお前のところの社長がバクチクで月にロケットをあげる計画を立てた話をして、今度は陽立アクセルの専務がラジコンの気球に猫を乗せて飛ばした話を始めた。そのあとは、技術者たちみんなで、子供の頃の工作自慢大会みたいになった。まぁ、企画の社員たちは呆然として置いてけぼりだったけどな。でも、なんていうのか、技術者っていうのは皆、いつまでも子供の心を持っているんだと思った。感動したよ。もちろん玲司、お前にもな」

その話を、高城は子供みたいに瞳を輝かせて聞いている。

「そうか。そのヴィンテルのサーマン社長の話も面白そうだな。ぜひ聞いてみたかった」

すっかり論点がずれている高城に、常磐は思わず笑みをこぼす。

「サーマン社長も、お前にまた会いたいそうだ。会って一緒に飲みながら、工作の自慢話をしたいって言っておられた」

あの最後の会議の席で、互いに譲れなくて意地を張り合っていた両社の幹部たち。

だが、それが高城の発言で変わったのだ。

みんなが、高城自身の人間性の広さに感銘を受けた。

「なぁ玲司、ありがとう…って言えばいいのか？　こういう時は」

「いいよ。そんなの……」

「お前に教えられたよ。人の誠実で素直な心が、相手を動かすこともあるんだってな。まぁ、いつもそう上手くいくとは限らないだろうがな」

「そんなのあたり前だろ！　俺は世界平和のために仕事をしているんだから」

相変わらずな大きな野望を持つ高城に、プッと噴きだした常磐。

「あ！　笑ったな！　でもさ…今のセリフ、篠原さんには言うなよ。絶対、馬鹿にされるからな」

真っ赤になって耳打ちする高城を、常磐は思わず抱きしめる。

「わ……ちょ、なに？」

「このあとは、プレス発表と記者会見だな。もちろん高城室長にも同席してもらうから」

「うん。そんなの、あったり前だろ」

両社の間で交わされた約束。

それは、サイクロン社が開発した光ディスクの規格で統一する代わりに、ヴィンテルのOSを、サイクロンのすべてのパソコンやDVD、携帯電話などの機器に搭載すること。

もちろん高城の爆弾発言どおり、ディスク製造に関する技術供与も無償で行い、ライセンス使用料も発生しない。

それは常磐にとって計算外だったが、それでもサイクロンにもヴィンテルにも、充分満足のいく条件に違いなかった。

「なぁ、俺…ちょっと柚木に電話するよ。いろいろ迷惑かけたし」

ソファーの上で肩を抱かれている高城は、テーブルの上の携帯電話を手にする。

「こんな時に、あんな奴の話をするな」

だが、いきなり偉そうな常磐に取りあげられた。

「なんだよ。前から訊きたかったんだけど、薫はなんでそんなに柚木を嫌うんだ?」

「アイツは嫌いだ」

「だから、なんでだよ?」

「別に…理由なんかどうでもいいだろう!」

それでもまだ高城が納得いかない顔をしていると、常磐が唐突に言った。

「そうだ。砂奈から俺あてに手紙が来た」

「え!　本当に?　で…なんだって?」

急に高城の心臓が大きな音をたてる。

「もうしばらくは戻れないと言ってきた。でも、近いうちに必ず帰るから待っていて欲しいと。理由はその時に説明するそうだ」

「そうか……」

なにはともあれ、砂奈は元気でやっていて、近いうちに帰ってくるのだ。

「よかったな、薫」

そう言って高城が見あげると、常磐はとても複雑な表情を浮かべている。

「……あぁ、そうだな」

「きっと幸せになれるよ。砂奈は、いい奴だから」

「そうだな……でも」

なにか釈然としない様子の常磐だが……

「なんだよ？」

「あぁ、いや。いいんだ。それより玲司、これからちょっと一緒に来てくれるか？」

「これから？　いいけど、どこへ？」

「それは、俺についてくればわかるさ」

常磐の運転するメルセデスは、夜の都内をしばらく走って、やがて郊外にある一軒の家の前で止まった。

「え？　ここは…誰か知り合いの家なのか？　それにしても、ずいぶんと豪勢なお屋敷だなあ。なんか映画のセットみたいだ」

車は立派な門を入って、広いガレージに停車する。

常磐とともに車から降りた高城は、思わず目の前の立派な洋館を見あげた。

「スゴイなぁ……二階には、バルコニーまでついてるよ」

白が基調の壁に緑の屋根。

大きな玄関扉の周囲には、お洒落《しゃれ》なレンガが埋め込まれて装飾に使われている。

「なにを、ぼーっとしてる。行くぞ」

「え？　うん」

広い庭には芝が綺麗に植えられていた。

「いいなぁ、いつかこんな家に住みたいよ」

歩きながらため息混じりにつぶやくと、

「それはよかった」

いきなり抱きあげられてしまう。

しかも、お姫さま抱っこ。

「お、おいっ。いきなり、なにするんだよ！」

高城は焦ってジタバタする。

「知ってるか？　花婿は新居に入る時、花嫁を抱いて入るものらしい」

「え？　なに…？」

それは篠原から教えてもらったことだが、常磐はその言葉どおり、高城を抱いたまま扉を開けてくぐった。

「わッ……薫ッ……んんっ」

ワケがわからなくてアタフタしていると、今度は抱かれたまま熱烈なキスをされる。

「さぁ、花嫁は俺の選んだ新居を気に入ってくれるかな？」

混乱している高城が可愛く暴れると、常磐はようやく床におろしてくれた。

部屋の照明がつけられ、二人の目の前に立派なリビングが現れる。

「うわぁ～」

感嘆の言葉しか出ないが、外観に劣らず、家具や調度品も素晴らしかった。

「なぁ、これ…どういうことだよ？」

高城は常磐を見あげて訊いた。

「まだわからないのか？　今日から、ここが俺たち夫婦の新居になる」

なんだか、頭がクラクラしてくる。

俺たち夫婦というのは、今の時点では自分と常磐のことを指すのだろうか？

「新居って？　で…でも、ここからじゃ、会社まで遠いんじゃないのか？」

「車なら三十分だ」

基本的に合理主義の常磐らしからぬ発言に、高城は驚く。

「でも……だって、薫…」

その時、人の気配を感じたのか、二階から子犬が顔を出し、階段を走り下りてくるのが見えた。

「え？　なに？」

驚いて目を丸くしている高城の胸に、犬はいきなり飛びつく。

「うわ〜っ！」

あまりの勢いに、犬もろとも、うしろに転がってしまう。

「犬には、犬好きな人間がわかると篠原が言っていたが、どうやら本当らしいな。でも、今日はまだ犬小屋がないから特別だが、これからは庭で飼うぞ」

高城は、尻尾をちぎれるほど振って顔を舐めてくる人なつこいゴールデンレトリバーを、両手でギュッと抱きしめる。

ふかふかで、最高に気持ちいい。

「あの、薫……コイツは？」

「プレゼントだ。玲司は、前に公園を散歩した時、犬を飼いたいと言っていただろう？」

たしかに言ったが……信じられない。

「嘘。この犬、俺にくれるの？」

本当なら、死ぬほど嬉しいが…

「でも、玲司がもし、こういうものでもプレゼントは嫌だっていうなら……はっきり言ってくれ」

おそらく常磐は、あの時の腕時計のことを言っているのだろう。

渋い顔つきで眉をひそめる常磐だったが、高城は懐いてくる犬をあわてて床におろして立ちあがると、首を大きく横に振った。

「そんなことないよっ」

「……だったら、喜んでくれるんだな？」

「あぁ、もちろんだ。砂奈だって犬が大好きだし。それに、こんな広い家に住めたら、アイツも幸せだと思う」

「あぁ……それはよかった。でも、まだしばらくは玲司と俺で、ここに住むことになる」

「うん。わかってる」

その時、高城の頭を、ふとある思いがよぎった。

でも、もし……このことを柚木が知ったらいったいどうなるだろう？

きっとあの優しい後輩は、烈火のごとく怒るに違いない。

どうして常磐と柚木は、昔から仲が悪いのか？

……どうしよう。

とりあえずは絶対ナイショだが、それもいつまで隠し通せるか？

内心はとても不安な高城だったが、今も足にまとわりついているこの可愛いゴールデンレトリバーは、もう手放せない。

そうなると、ここに住むしかなくて…

もしかして…これも常磐の策略だろうか？

自分は、まんまとハメられている？

そんな疑惑まで湧いたが…

「玲司。黙っていたが、実は…少し前から郊外の物件を探していたんだ。ようやく気に入った家を見つけ、それから中も外もいろいろ手を加えていたから少し時間がかかった」

あぁ。

だから時々、常磐は帰りが遅かったのだ。

「さぁ、今から家の中を案内してやるよ。地下にはちゃんと『鳥籠』も作ったから」

サラリと言われた言葉に、高城はギョッと目を剝いた。

「えッ、『鳥籠』？　それはいらないって」

「もちろんドアには外鍵をつけたし、中にはダイヤの埋め込まれたプラチナ製の首輪も用意した。他にもいろいろ愉しい仕掛けがあるんだ。あの部屋だけに、数百万もかけたんだぞ。その全部を、これから徐々にお前で試してやる。だから……二度と逃げるなよ」

常磐はすっかり暴君の顔に戻って、高城の腕を我が物顔でつかんで命令する。

「う…嘘だろッ？」

高城は思わず後込《しりご》みしていた。

「嘘なわけないだろう。さぁ、今からお前を抱いてやる。言っておくが、俺は完全に欲求不満なんだ！　式を挙げてから、まだ二回しかヤらせてもらってないんだぞ。この俺を焦らしたらどうなるか、今から嫌と言うほどこの身体に思い知らせてやる」

「そっ…そんな。でも、明日は会社がッ」

「ヴィンテルとの契約がまとまったんだ。俺は明日は休みだ」

「嫌だ。俺は休むわけにいかないだろ！」

「お前も休め。これは夫の命令だ。妻は絶対服従だと言っただろ？　もちろん社長の俺が開発室長のお前に許可するんだ。誰も文句は言わないさ。それとも、さっそく鳥籠に閉じこめられて首輪をはめられたいか？　ん？　俺はそれでも一向にかまわないぞ」

　本気の顔にゾッとして、高城はブルブルと首を横に振る。

「だったら早く来い。今日はちゃんとベッドで抱いてやる。でも、この前、鎖に繋がれて泣いて抵抗したお前は絶品だったけどな」

　にやけた顔に平手を食らわせたい衝動を、高城はなんとか堪《こら》える。

「なんだよ薫ッ、お前、少しも変わってないじゃないかよ！」

　殊勝にしていたのは、幻だったのか。

「子供の頃からの性格が、そう簡単に変わるわけがないだろう」

「嘘だッ、この前、俺が家出した時はふさぎ込んでいたくせに」

「だから、あれは演技だと言ったろう？」

「ちくしょうッ。詐欺だッッ」

「詐欺は俺の得意分野だ」

「う〜ッッ！　絶対に逃げてやるッ」

「その前に、新婚旅行には行かないと」

「は？」

この上、新婚旅行だと？

高城は目を丸くして声もない。

「この光ディスクの契約が成立したら、新婚旅行に行くことになっていたのは知ってるだろう。すでに予約も入れてある。キャンセルするんなら、相当の額を支払うことになるが。お前が出すか？」

そんな金は逆さに振っても出るわけない。

「そんなの誰が行くんだ？　まさかっ、俺が行くのか？」

「あたり前だ」

「そんなの絶対行かないからな！」

「絶対に連れていく」

「死んでもイ、ヤ、だッ」

高城は牙《きば》を剝いて反論する。

「まぁ、別にどうでもいい。お前の意見なんか訊いてない。いざとなったら鎖に繫いででも連れていく。だが、その前にセックスだ！」

「なんでッ？　どっちも嫌だよ」

「今日は特別に優しくしてやるさ。だから早く来い。でも、俺はヒドくするのが好みだから、お前にもいずれ慣れてもらわないとな」

「このっ、サドっっ！　悪魔！」

「なんとでも言え。誉め言葉に聞こえるよ」

いきなり抱きかかえられ、二階のベッドまで簡単に運ばれていく高城。

「さぁ、可愛い声で、たっぷり鳴いてくれよ。カナリアみたいにな」

のしかかってくる男の魅惑的な瞳に囚《とら》われて、高城はもうなにも言えなくなる。

彼に抱かれるのは、本当は嫌じゃないのかもしれないと思う。

その証拠に、今とてもドキドキしている。

「わかったよ！　もうどうでもいい。薫の好きにすればいいだろッ」

高城はわざと投げやりな言い方をしてみせたが、もう常磐にも、このドキドキを知られているかもしれないと思った。

「玲司…」

常磐は小さく名を呼んで花嫁を引き寄せると、

「お前は、あの時から俺だけのものだ」

そうつぶやいて額の髪を分け、三日月の傷跡に優しい口づけを降らせた。

蜂蜜と鳥籠

花柄が織り込まれたエレガントな地模様のカーテンが、ゆらゆらと風に揺れているのが目に入る。

ぼんやりとそれを見つめながら、高城《たかしろ》は思った。

(あれ……？　うちのカーテンって、スーパーで買ったチェック柄のやつじゃなかったっけ？)

布が翻るのに合わせて明るい陽《ひ》が差し込み、高城の目元を光が照らす。

「……眩《まぶ》しい」

「それはそうだろう。もう十時半だからな。陽も充分高くなるさ」

ギシッ…と音をたて、自分が横たわっているベットのスプリングが軋《きし》んだことで、高城はハッと覚醒した。

「え！　常磐《ときわ》？」

「あぁ、よく眠ったな」

(そうだっ。ここはもうあの、居心地《いごこち》のいい安アパートじゃないんだった)

高城はこの家が、郊外にある庭の広い豪邸だということを思いだす。

犬を飼いたいと言った高城のためにと、常磐がポンと買ってくれた夫婦の新居だ。

もうここに移ってから一週間も経《た》つのに、高城はまだ慣れない。

「さぁ、そろそろ起きないか？　シャワーでも浴びれば目が覚める」

ジーンズをはいただけの、上半身裸の男がベッドの端に腰を下ろし、軽い口づけを頬《ほお》に送ってくる。

「うわっ」

逞《たくま》しい男の体臭が鼻孔をいきなり刺激して、高城は思わず叫んで飛び起きてしまった。

自分で服を着替えた覚えはないが、幸いにしてパジャマは着せてもらっているようだ。

「目が覚めたみたいだな。それから玲司《れいじ》……ベッドでは俺を『薫《かおる》』と呼べと言っているだろう？　昨夜《ゆうべ》はあんなに何度も俺の名を呼んでくれたじゃないか？」

「なっっ！」

「忘れたのか？　それは甘い嗄《か》れた声で、何度も薫、薫って俺をあおってくれただろ？」

一瞬にして昨夜の自分の痴態を思いだした高城は、一気に頬を染めてしまう。

それはまるで少女のごとき純情な反応で、ますます夫をいい気にさせた。

「いやらしいことを言うなっ！」

本当のところ、昨夜は休日前だからと言って、常磐に朝方まで離してもらえず、何度も抱かれ続けた。

それはもう、この身がとろけてバターになるかと思うほど激しく艶《なまめ》かしい愛撫《あいぶ》で、高城は切ない喘《あえ》ぎと涙にまみれながら、シーツの上で肉体のすべてを征服されつくした。

「いやらしいことなんかないさ。新婚の夫婦が愛し合うのは自然なことだろう？　違うか？」

「ふ……夫婦？」

「あぁそうだ。俺たちは夫婦なんだ。可愛《かわい》い妻が、愛する夫をその身で満足させることは当然の義務だろう」

常磐はまだ欲望のくすぶる瞳《ひとみ》を閃《ひらめ》かせながら、今度はいきなり唇にキスを送ってくる。

「ぅっ！　ん、ん〜っ」

朝とは思えないほど熱烈な口づけに、高城は思わずぶ厚い胸を押しのけてベッドから飛び降りていた。

「えっ？」

ところが、床に足を下ろした瞬間、なぜかまったく力が入らずに、そのままヘナヘナと腰から砕け落ちて座り込んでしまう。

驚く高城の姿を見て、常磐は優しい声で笑いながら唐突に高城の両脇《りようわき》に手を入れて、まるで子供にするようにベッドの端に座らせてくれた。

「本当に腰が立たなくなるとはな。これは、光栄と言っていいのか？」

冗談ではなく身体がだるそうな高城を、常磐は幸せいっぱいといったゆるんだ表情でからかい、高城はたまらずに反論する。

「誰《だれ》のせいだと思ってるんだよ！　おっ、お前のせいだろっ！」

「あぁ、そうだな。そのとおりだ。たしかに俺のせいだよ」

責められているのに満足げな常磐を前にし、高城は自分がどんな失言をしてしまったのかにも気づかないまま、イライラと相手を睨《にら》みつけた。

「さぁ、お腹《なか》も空《す》いているだろう？　今日は俺が朝食を作ってみたんだ。ダイニングまで抱いていってやるよ」

「いいよっ。自分で歩ける！」

「そう意地を張るな」

「いいってば！」

余裕綽々《しゃくしゃく》な態度で優しくされると、高城もなんだか調子が悪くなる。

「本当に強情な奴だな。でも、そう怒るな。俺が玲司を抱いて下りたいんだよ」

ハンサムな顔を甘く崩して囁《ささや》かれると、高城はゾクッと全身を震わせ言葉もなくなる。

「それに、お前に食欲がなくても、さっきからアイツが腹を空かせてうるさいんだ」

「え？　アイツって？」

常磐は開け放たれたドアの方に視線を流すと、軽く口笛を吹いた。

おそらくドアの外で「待て」を命じられていたのであろう、ゴールデンレトリバーの子犬がしきりに尾を振って部屋に走り込んでくる。

「イーグル！」

今まで仏頂面だった高城が、急に満面の笑顔になって両手を広げた。

黄金の毛並みが見事な子犬は、軽くジャンプしてベッドに乗り、主《あるじ》の胸に飛び込んでその顔を舐《な》めまわす。

「うわっ、こらイーグル！　よせって。あははっ」

このゴールデンレトリバーは、犬が好きだと言った高城のために、常磐が買ってくれた血統書つき。

ゴールドに近い茶色の毛並みが美しく、両耳を広げるとまるで鷲《わし》の羽根のように見えることから、高城が「イーグル」と名前をつけた。

ちょっと子犬らしくない名前だが、成犬になったらぴったりの名前になると高城は考えている。

「おいおい玲司、お前、まさか俺よりコイツがいいなんて言うんじゃないだろうな？」

すっかりベッドの上でじゃれ合っている犬と妻を険しい目つきで見下ろしながら、常磐がわざと怖い声を発する。

「なに言ってるんだよ。そんなのイーグルがいいに決まってるだろう？」

その返事にますます気を悪くした常磐は、いきなり子犬をつかんで引き離すと、高城の身体を一瞬にして抱きあげた。

「こらイーグル！　もういい加減にしろ。俺たち夫婦のベッドでなんてことをするんだ！」

どうやら常磐はイーグルにヤキモチを焼いて怒っているようで、いきなりお姫さま抱っこをされてしまった高城も怒る気にもなれずに苦笑を漏らした。

「薫は本当に大人げないなぁ」

それに、ここで無理やり暴れるとどんなお仕置きをされるのか、最近ではもうすっかり学習している。

本気で怒らせると、二重人格の常磐は相当厄介だから。

「さぁ、朝食にしよう」

一方、主を奪われたイーグルはまだ未練があるようで、階段を下りる常磐のうしろから鼻を鳴らしてついてくる。

「おい玲司、俺は犬を飼っていいとは言ったが、家の中では断じて飼わないぞ。今は犬小屋がないから仕方ないが、今夜からは外で飼うからな」

「でも、まだ犬小屋がないじゃないか」

ダイニングテーブルの椅子《いす》に高城をおろしながら、常磐はフフンと鼻を鳴らす。

「そうそう、今日は朝食のあとでホームセンターに行くぞ」

「え？　ホームセンター？　どうして？」

「庭で日曜大工をするんだ。材料を調達しにいく」

「日曜大工？　……なんの？」

常磐はにっと白い歯を見せ、

「犬小屋を作るぞ」

と、きっぱり答えた。

ホームセンターで材料を一式買いそろえた二人は、帰宅するやいなや、広い庭で材料を広げて作業を始めた。

イーグルはそのそばで、小さなボールで無邪気に遊んでいる。

芝が美しい庭の隅には沙羅《さら》の木が植えられていて、その日陰に入る場所で常磐は犬小屋の枠組みから取りかかる。

人畜無害の天然木の無垢《むく》材や、ペイントには植物塗油をチョイスしてきた常磐は、どうやらそれなりにイーグルの健康のことを考えてくれているらしい。

「なぁ……薫、本当に大丈夫なのか？」

芝に座り込んでテキパキと作業にかかる常磐の手元をのぞき込みながら、高城はやや不安げに尋ねる。

「まぁ見てろって。これでも高校時代、技術家庭科の授業で作った折りたたみ椅子は最高傑作で、今でも実家で脚立代わりに使っている」

「へぇ、マジで？　それは相当意外だな」

そう言った常磐の言葉どおり、本当に彼は日曜大工が得意なようで、見る見る犬小屋は形をなしていく。

「そうそう。玲司に言い忘れていたが、来週、ヴィンテルの社長や役員が日本でのプレス発表のために来日される。その一週間後には、今度はあちらでの発表のために、俺たちがニューヨークに行くことになった」

「まぁ、俺も玲司とハネムーンに行きたいと思っていたが、仕事が山積していてそうもいかないからな。向こうに行ったら少しは二人の時間を持とう」

突然の話に、高城も驚いた。

「でも、柚木《ゆずき》たちだって行くんだろう？　だったらそんなの無理だよ」

二人きりになんかなったら、それこそ常磐の思うつぼだろう。

「まぁ、そのへんは篠原《しのはら》にも協力してもらうさ。あと、あっちでのパーティーにはお前は俺の妻として出席してもらうぞ」

「えっ？　妻としてっ…て。もしかして」

「もう、ちゃんと西陣《にしじん》の着物も買ってある」

「着物っ！」

信じられないが、どうやらもう一度妻の代役をさせられることになりそうだ。

「あっちでは、和装の受けがいいらしい。お前なら似合うだろうしな」

「でもっ、じゃあ…『高城室長』としての俺はどうするんだよ？」

「記者発表のあと、体調不良になったということにする」

「……またかよ」

もう、怒る気にもなれない高城は、ニューヨークでのことを想像してため息をついた。

ものの一時間ほどで犬小屋の床と側面が仕上がり、常磐は今度、三角の屋根の形に平板を

「えっ？」

重ねて釘《くぎ》でとめるというコツコツとした作業を始めた。

見ているだけならとても簡単そうで、好奇心旺盛《おうせい》な高城は興味深げに彼の手元をのぞき込んでいる。

「どうだ？　やってみるか？」

「え！　いいのか？」

「あぁ、一本打ってみろよ。ほら」

常磐が釘と金槌《かなづち》を差しだして、高城は嬉《うれ》しそうにそれを受け取る。

工作は昔から大好きだった。

だが、そばで見ているのと実際にやってみるのとでは、けっこう勝手が違っていた。

「あれ？　なんか、ちょっと」

釘を打ち込むのは思いの外、力のいる作業で、高城が打った釘は真っすぐ板に刺さらずに曲がってしまう。

「おっかしいなぁ？　もう一回やってみる」

自分だって子供の頃は工作が得意だったが、どちらかというとプラモデルサイズの小さいものを扱ってきた。

こんな大きな釘を、丈夫な平板に打ち込むなどということは初めてだった。

経験不足のせいで上手くいかないらしく、見かねた常磐が高城の背中にまわり込んで手を添えてくれる。

「ほら、俺が釘を持っていてやるから打ってみろ」

「え？　……うん」

その状態で金槌を打ち込むと、長い釘は気持ちがいいくらい真っすぐ木の中にストンと埋まってくれた。

「うわっ。すごい！　ちゃんと真っすぐ打てた。へぇ、でも…思ったより力がいるんだなぁ。驚いたよ。薫にこんな特技があったなんて意外だった」

高城が満面の笑みで、真うしろの常磐を振り返る。

「うっ……」

だが常磐は変な声を発し、急に怖い顔をして高城から目を逸《そ》らした。

「え？　なんだよ？」

「あぁ、いや……別に、なんでもない。いいから次のを打ってみろ」

そして常磐が持つ二本目の釘を打ち込んだ瞬間、彼の指の力が弱くなっていたのか、釘がぐにゃりと曲がってしまい…。

「いッ……！」

釘の代わりに、常磐の指を思いきり打ってしまった高城の顔色が見る見る青くなっていく。

「ごめん、薫！　大丈夫か？」

「あぁっ……いや。俺こそ悪かった。ちゃんと持ってなかった」

「でも、痛かっただろう？」

常磐の人差し指の先が、わかるくらいに紅《あか》くなっている。

「大げさだな。大丈夫だよ」

「ダメだって。ちゃんと手当するよ。救急箱を取ってくるから待ってて」

「いや、玲司！　いいよ。それより……手当なら、こっちのケアをしてくれ」

「え？　他《ほか》にもケガしたのか。どこ？」

心配そうな高城が相手の顔を見あげると、常磐の顔は妙に怪しげで……。

こんな時の彼に思いあたる節のある高城は、危険を察知して身を引こうとしたが、その前に捕獲されてしまった。

「やっ……ちょっと、薫……っ」

呆気《あっけ》なく抱きしめられ、懐深くに閉じ込められて、そのまま顎《あご》をつかんで唇を奪われる。

「んぁッ……」

こんな真っ昼間から、しかも自宅の庭先で！

高城としては、理性がまだしっかりしているうちに強固な腕から脱出したいところだったが、常磐の口づけは相変わらず熟練されていた。

「ほら、どうした玲司？　もっと舌を動かしてみろ。昨日の夜はとても素直で可愛かったじゃないか？　ん？　もう忘れたなら、思いださせてやろうか？」

命じられるままに伸ばした舌をきつく絡められて吸いあげられると、声がとたんに甘くなって鼻から抜けてしまう。

「……ぅ、ふっ……んんっ」

腕がきつく腰にまわって、さらにグッと身体が密着するようにされると、高城の肌が男の硬い筋肉を感じて言うがままに変えられてしまう。

「上手だよ。いい子だ…玲司」

「ぁっ……薫、ダメっ、これ以上は！　こんな……昼間っから」

常磐の手がシャツをくぐってきて、高城が弱々しく抗《あらが》った時、それまでそばでボールとじゃれていたイーグルが突然、飛びかかってきた。

「うわっ」

どうやらこの無邪気な子犬は、二人が遊んでいるものと勘違いしているらしい。

腰にまわした腕に飛びつかれ、常磐は思わず抱きしめていた痩身《そうしん》を解放してしまった。

「あっ……あぁ、そっか。イーグル！　お前、遊んで欲しいんだよな？」

高城はチャンスとばかりに立ちあがって身を引く。

「ごめんな薫。やっぱ俺には大工仕事は向いてないみたい。悪いけどあとは任せたから」

「え？　おい、玲司！」

高城は作り笑顔を浮かべながらイーグルを抱きあげ、そのまま芝の上に転がっているボールの方に駆けていった。

残された常磐は、顔をひきつらせながら叫んだ。

「ちくしょう、イーグル！　お前っ、絶対に許さないぞ！」

本当に大人げない常磐だったが、犬小屋を仕上げてしまわないと今夜もイーグルを家の中で寝かさなければならない現実を考え、仕方なく黙々と作業に専念することにした。

国内最大手のエレクトロニクスメーカーであるサイクロン社と、米国最大のソフトメーカー、ヴィンテル。

両社間において、次世代光ディスクの規格統一を図ることに見事に成功した高城たちFプロ開発チーム。

その契約締結後、ヴィンテル・ソフトの現社長であるサーマン氏と技術陣、そして広報担当者が日本での合同プレス発表のため来日を果たした。

都内のホテルに宿泊したヴィンテルの面々だったが、その翌日、さっそく会議に出席した。とはいえ会議というのは名目だけで、すでに契約の詳細は決定されたあとなので、ようするに親睦《しんぼく》会のようなものだ。

その席には社長である常磐と、Fプロ開発室長の高城、さらにはプロジェクトに携わった技術者たちが出席し、エンジニア同士で話が弾んだ。

その後の料亭での昼食会では、高城を除いた全員がそろうことになっていた。

なぜなら、Fプロ開発室長と常磐の妻という二つの顔を持つ高城には、別の役目があったからだ。

夫のサーマン氏とともに来日しているヴィンテルの社長夫人は、実は以前から日本にとても関心が深く、今回は特に日本の家庭料理に触れたいと話している。

そこで常磐が、ジェシカ夫人を郊外にある自分たちの新居に招くことを提案したところ、彼女はとても喜んだ。

最初は常磐と高城の二人で夫妻を迎えるはずだったが、なかなか時間の都合がつかず、夫人だけを常磐の妻が接待することになったというわけだ。


サイクロン社との会談のあと、夫人を迎えるために急いで新居に帰って準備をしなければならない高城をサポートしたのは柚木《ゆずき》だった。

彼はマイカーで高城を送る途中に食材の買い物にもつきあってくれ、後輩の親切に高城はとても感謝した。

高城の案内で、柚木の車が郊外の家に到着する。

広い敷地内にある駐車場に車を止めると、彼は急に無言になって運転席から降り、目の前の大きな洋館を見あげた。

「……へぇ、ここが二人の新居ですか？　すっごい豪邸だなぁ」

まるで欧州の住宅街の一角にでも紛れ込んだと錯覚するような、豪奢《ごうしゃ》でお洒落《しゃれ》な洋館。

「でも、これは誰の趣味です？　まさか先輩じゃないですよね？」

「違うよ！　この家は、俺の知らない間に常磐が勝手に選んで買ったんだよ」

「わざわざ、こんな郊外に？」

「あぁ、それは……」

「それは？」

その時、庭にある真新しい犬小屋から、主の声を聞きつけたイーグルが飛びだしてきて、二人に尻尾《しっぽ》を振った。

「俺さぁ、前に……自分の家で犬を飼いたいんだって常磐に話したことがあって、そしたらアイツが……」

「ポンとこの豪邸を買ってくれたってわけですか？」

「……あぁ」

「へぇ。さすがに金持ちはやることが派手ですね」

さっきから、どうも柚木は不満げな態度で高城に接してくる。

言葉の端々にも、チクリチクリと棘《とげ》があって痛い。

「だけど常磐もいい気なもんですね。妻が行方不明だってのに、こんな豪邸にゴールデンレトリバーまで。それに、先輩も先輩で、ずいぶん簡単なんだなぁ」

高城は反論する余地もない嫌味に耐えながら車から食材をおろし、玄関のドアを鍵《かぎ》で開けて中に入った。

そのあとに、柚木も続く。

「これはどこに置きます？　キッチンはこっちですね？」

食材の袋をキッチンのカウンターまで運んだ柚木は、そのまま部屋を眺めまわす。

室内には、いかにも高級そうな食器棚、ダイニングテーブルなどといった家具がそろえられていた。

「これって、おそらくインテリアコーディネーターが内装を手がけていますね」

「え？　そうなのか？　俺、よくわかんないけど」

「あぁ、このソファーなんて、間違いなく輸入物ですよ」

柚木はそのままリビングを出て勝手に二階に続く階段をあがり始めたので、高城はあわててそのあとを追った。

「ちょ、柚木！」

彼はそのまま、二階の奥にある寝室のドアを開けてしまう。

「へぇ」

壁の色は淡いブルーで統一され、真鍮《しんちゅう》のポールにリングでかけられたカーテンも同系色だ。

そして、大きな出窓の前にはキングサイズのベッドが置かれている。

「なぁ、柚木。ちょっと待てよ。なんで寝室なんか」

高城が部屋に入ると、柚木はベッドの前に立って高城を振り返った。

「ここは誰の寝室です？」

「え？　あのっ……」

突然の問いに、答えに窮したが、

「こ、ここはっ、その…常磐のベッドなんだ」

頬をひきつらせて、高城が苦しい嘘《うそ》をつく。

だが、柚木はそんなものは、すぐに見破っているようだった。

「一緒に寝ているんでしょう？　アイッと」

「まさかっ、そんなこと！」

否定しようとしたその時、柚木はいきなり細い手首をつかんで高城の身体を自分の方に引き寄せて…。

「わっ！　な、なにっ？」

バランスを崩してそのままベッドの上に仰向《あおむ》けに倒れ込んだ高城の上に、柚木が体重をかけるように覆いかぶさってくる。

「柚木っ！　ちょっと。やめろって」

「それで……毎晩、先輩はこのベッドの上で常磐に抱かれているんですね？」

いきなりの行動に驚いている高城に、さらに柚木は核心に迫る質問をしてくる。

「誤解だって！　そんなわけないだろう……もうあれからは、なにもされてないって」

「真実が見抜けない俺だと思いますか？　先輩はね…最近変わりました」

「変わった？　嘘だ！」

「いいえ……雄の勘ってのは厄介でね。わかるんですよ。あなたは……絶対変わった」

「そんなっ。俺はどこも変わってない！」

あくまで否定する高城の顔を間近にのぞき込みながら、柚木は細く目をすがめた。

「嘘をつくならそれでもかまいません。これから、先輩がアイツにどこを変えられたのか、俺が調べてあげますから」

「そんなっ」

驚いた高城が柚木の拘束から逃れようと暴れ始めた時、それを阻止するかのように顎をつかまれて口づけられていた。

「っ！　……んんっ！」

彼は同郷の幼なじみで、これまでずっと弟のように自分を慕ってくれた優秀な後輩だった。

だから高城も、とても柚木を頼りにしていた。

そんな彼からの突然のキスに、高城はひどく戸惑《とまど》ってしまうが…。

「うっ……ふ」

迷いのない舌先が、高城の舌を探しあてて絡みついてくる。

「先輩っ」

唇ごしに伝わる嗄れた声に、高城の皮膚の表面がざわっと鳥肌を立てた。

熱の籠《こも》った口づけを受け、高城は今度こそ本気の抵抗を始める。

「っ……ん、よ…せっ」

完全に血迷っている後輩を我に返らせてやろうと手を振りあげたが、それをいとも簡単につかまれてシーツの上に縫い止められる。

「やめっ！　お前、なんでこんな。柚木！」

少し唇が離れた隙《すき》に相手を責めてみたが、答えは返らずに再び角度を変えた唇が降ってくる。

わずかな抵抗さえも封じられ、高城はずっと慕ってくれた大事な後輩に対し、生まれて初めて本能的な恐怖を覚えた。

「常磐なんかに渡さない！　先輩は、出会った時から俺のものだったんだ！」

「ぅ…んッ」

押さえつけられたベッドにはまだ常磐の体臭が残っていて、よけいに高城をたまらない気持にさせて……。

だが、そんなことを考える自分がおかしいことに、高城はすぐに気づく。

自分はあくまで妹の身代わりにすぎないのだから、常磐に操を立てる必要などないはずだ。

それなのに、なぜだか罪の意識が一気に湧《わ》いてくる。

よけいな考えに気を取られていると、いつの間にかネクタイがほどかれ、シャツの前が左右に割られていた。

「ぁ……！」

胸の上で熱い掌《てのひら》が大胆に動き始めると、高城は手足をばたつかせて激しく抗った。

「じっとしていて！　アイツには全部、さわらせているんでしょう？」

「そんなことしてないっ」

「嘘つきだな？　ここに、こんな痕《あと》をつけているくせに」

指摘されてハッとした。

柚木の言うとおり、高城の肌には常磐のつけた所有の痕が、くっきりと残っている。

それは最近ではもういつものことで、バスルームで鏡に映った自分の姿を見るたび、哀《かな》しい複雑な気持ちにさせられた。

「痛っ」

突然、胸の上に針で刺すような痛みが走り、高城は自分の裸の胸元に顔を伏せている柚木を見た。

「柚木！　なにしてるんだよ！　なぁ、頼むからもう嫌だ。離してッ」

急に目尻《めじり》に涙がたまってきて、高城はとてつもなく情けない気持ちに襲われる。

「先輩、俺は今ここではっきりと宣言しておきます。俺は決して、あなたをあきらめませんからね。覚悟しておいてください」

彼は顔をあげて睨むような目つきでそう告げると、再び顔を伏せてきて……。

「やめっ。もうッ……柚木！」

これ以上、なにかされたら！

そんな恐怖が全身を支配して手足が凍りついたその時、高城のズボンのポケットに入っている携帯電話が突然鳴り始めた。

「あっ！」

常に高城とともに仕事をしている柚木にも、その着信音の種類から、電話をかけてきたのが常磐の秘書、篠原だとすぐにわかる。

「あぁ…残念だな。篠原さんに救われましたね先輩」

軽く舌打ちした柚木は飄々《ひょうひょう》とした顔でそう言うと、簡単に拘束を解いた。

高城はあわてて飛び起きると、そのまま電話に出る。

「はいっ」

『あぁ室長、篠原です。もう、ジェシカ夫人をお迎えする準備は整いましたか？』

「え？　えぇ。も、もちろん順調ですよ」

なんとか平静を装って答えた高城だったが、どうにも声がうわずってしまうのを隠しきれない。

『あれ……室長？　どうかなさいましたか？』

「え？　な…に？」

『声が少し、変ですよ？　社長がそこにおいでですか？』

若干、言葉尻がかすれてしまったせいで、どうやら妙な方に勘ぐられているらしい。

「いやっ。まさか？　そんなはずないだろう？　ちょっと今まで庭にいたんで、走ってきたから息があがっているだけだよ」

『庭……ですか？』

篠原が不審げな声を発した時、

「では高城先輩、俺はこれで失礼します。一刻も早く砂奈《さな》ちゃんが帰ってくることを、俺も願っていますよ。じゃあ」

明らかに意図的と思われるタイミングで柚木が声をかけてきて、そのまま階段を下りていってしまった。

『……今の声は、柚木さんですよね？　彼が、どうしてそこに？』

「あ、あのっ。いや…そうじゃなくて。アイツがっ……俺を、ここまで送ってくれたんだよ。帰りにいろいろ食材の調達もあったからっ」

『そうですか。でも、よりによって柚木さんに頼まなくても…』

篠原は含みのある言い方をする。

「え？　なんで…だよ？」

『あぁいえ、別にこちらの話です。で、室長。あなたはまさか社長に対し、不義理なことはなさっていませんよね？』

鋭い問いに、思わず頭と頬に血がのぼってしまう。

これが相手に顔が見えない電話でよかったと、高城は内心で思いながら反論した。

「なんだよ不義理って！　変なふうに勘ぐるなよ」

『すみません。なにもないならいいんですが。社長はとても嫉妬《しっと》深い方なので一応……でも、それは室長も、もう充分承知ですよね？』

「わかってるって。もうその話はいいだろう。で、この電話の用件はなんだよ」

『はい』

篠原と話をする高城の背後で、柚木がベッドの上掛けの下に、素早くなにかを置いてから去ったことに高城は気づけなかった。


篠原から入った連絡は、一時間後にヴィンテル・ソフトの社長夫人が、この家に到着するというものだった。

——ちゃんと社長夫人として、上品におしとやかにふるまってくださいよ！

そう念を押されたので、高城は仕方なくたっぷりとしたポロシャツとパンツに着替える。

鏡の前に立つと、やはりメイクをしなければ女性には見えない気がして、渋々砂奈が前に使っていた可愛いエプロンを着けた。

その後、高城が料理の準備をしていると、サイクロンの社員に案内されて、ヴィンテルの社長夫人、ジェシカが到着した。

夫人は訪問してすぐ、サーマン社長がつき添わせたヴィンテルの会社関係者を帰した。

「はじめまして砂奈さん。今日はお忙しいのに無理を言ってごめんなさい」

「いいえ、とんでもない。ようこそいらっしゃいました」

銀髪の巻き毛が美しい上品なジェシカ夫人は、気さくな笑顔であいさつをしてくれて、高城の緊張はいっぺんにほぐれた。

「今日、日本の家庭料理をあなたに教えていただくのを、私は本当に楽しみにしていたのよ。どうぞよろしくお願いしますね」

「はい、こちらこそ。今日は上手くできるかわかりませんが、がんばります」

米国最大手のソフト会社の社長夫人ともなれば、多少は高慢になってもおかしくはなさそうだが、夫人は本当に素朴で素直な女性で、高城は彼女と気が合うことを直感した。

その日、高城が選んだメニューは、おでん、てんぷら、タケノコの土佐《とさ》煮といった、本当にオーソドックスな日本の家庭料理だったが、夫人はどれも気に入ってくれたらしく、調理の間も念入りにメモを取るほどの熱心さだった。

それから作り立ての料理を一緒に食べ、そのあとで夫人が持参してくれた手作りフルーツケーキとお茶を楽しんでいる時、夫人は自分たち夫婦のことを話してくれた。

「私はね、とても子供が好きなんだけれど、若い頃にわずらった病気のせいで、赤ちゃんを産めない身体なのよ」

急にそんな話をされ、高城は飲みかけのティーカップを置いた。

「私はずっと、女っていうのは子供を産めなければダメだって思ってきたの。だから夫にプロポーズをされた時、自分が子供を産めないことを正直に主人に話したわ」

「それで、ご主人は?」

「ええ。彼はね、それでもいいと言ってくれたのよ」

子供はいなくても二人は今の生活に満足し、とても愛し合っていることを、夫人は満足そうに語ってくれる。

「愛する人がいつもそばにいれば、本当は他になにもいらないのよ」

その時の言葉は、高城の胸に深く浸透した。

短く楽しい時間はアッと言う間に終わり、本社からジェシカ夫人の迎えが到着した。

別れの時、彼女が思いだしたようにバッグの中から綺麗《きれい》に包装された包みを取りだした。

「私ったら、大事なことを忘れてたわ！　今日、あなたのご主人のお誕生日だそうね？　主人に聞いていたのよ。それでね、これが私たちからのプレゼント。ネクタイなんだけれど、気に入ってもらえると嬉しいわ。では、ミスター常磐によろしく伝えて」

高城はそれを聞いて目を見開き、差しだされた包みを受け取る。

（えぇッ？　今日が常磐の誕生日だって？　そんなの俺、ぜんぜん聞いてないよ……どうしよう）

そんなことは初耳だった。

なんとか表情を取り繕う高城に、ジェシカ夫人は楽しげに話しかける。

「新婚の奥さまは、旦那《だんな》さまになにをプレゼントするのかしら？　私が結婚して初めて主人に贈ったプレゼントはね、私が作ったカーディガンだったのよ」

常磐の誕生日のことなど考えもしなかった高城は、当然プレゼントなどまったく用意していない。

「それでは、今日は本当にごちそうさま。今度、ニューヨークでもプレス発表があるそうね？　その時はぜひ、私の家にお招きさせてね」

夫人は高城をとても気に入った様子で、満足そうに滞在ホテルに帰っていった。


すっかりあたふたしている高城だったが、せめて料理だけでもと思い、急いで近くのスーパーマーケットで食材を買いそろえ、さっそく調理にかかった。

「まったく。今日の俺って、ほとんどコックだよっ」

愚痴をこぼしながらも手際よく料理をし、なんとか誕生日っぽいメニューが数品できあがった。

それでも、常磐に渡すプレゼントまでは手がまわらなかった。

「どうしよう」

だが、時計を見るとまだ六時で、

(今から急いでデパートまで車を走らせれば、帰宅時間の遅い常磐のことだからなんとか間に合うよな？)

高城はそう思い、車の鍵をつかんで玄関に急ぎ、ドアを出たが……。

こんな日に限って、常磐がいつもより早く帰ってきてしまった。

「薫……！」

外門の前で社用車から降り、そのまま青々とした芝を踏んでにこやかに近づいてくる常磐を、高城は複雑な表情で見つめる。

「ただいま玲司、どうした？　今からどこかに出かけるのか？」

手作りの犬小屋のそばで尻尾を振っているイーグルの頭を撫《な》でてやってから、常磐は高城の前に立つ。

「あぁ、いや。その……」

今の常磐は、なぜかとても上機嫌に見えた。

実は先方との会談も懇親昼食会も、とてもスムーズに進行して相手を満足させることができたからだった。

さらに、ヴィンテルのサーマン社長は会談で話をした高城のことを誉《ほ》めちぎり、ジェシカ夫人は常磐の新妻のもてなしを心から喜んでいたと営業社員から聞いていたのだ。

「もう、別にいいんだ。急ぎの用事じゃないし」

「そうか？」

常磐が玄関ドアを引いて室内に入った時、ダイニングからいい匂《にお》いがすることに気づいたようだ。

「なんだ？　もう夕飯の準備ができているのか？」

彼はスーツのままテーブルに近づき、そこに並べられた料理を見て驚く。

「どうしたんだ。これは？」

「え？　あの……」

高城が言葉を迷っていると、常磐はなにかに気づいたようにはっとして、急に嬉しそうな顔つきになる。

「まさか、覚えてくれていたのか？　玲司」

「……」

「そうなんだろう？　俺の誕生日だよ。そうか、そうなんだな。あぁ、嬉しいよ」

とたんに表情を甘く崩した常磐に、いきなり抱きしめられる。

「うわっ」

だが高城は、本当は常磐の誕生日を知らなかったことを正直に話せなくて気が咎《とが》めていた。

「玲司、ちょっと待っていてくれ。すぐに着替えてくるよ」

上機嫌の常磐はそのまま二階へ続く階段をのぼりかけてから、思いだしたように振り返る。

「あぁ、そう言えば玲司」

「え？」

その時、相手の瞳がわずかに曇っていることに高城は気づく。

こんな時の常磐は要注意だ。

「篠原から聞いたが、今日、ここに柚木が来ていたそうだな？」

「えっ！」

その問いに、高城の心拍数が急激に上昇する。

「なぜアイツが、ここに来る？」

「え？　あぁ、それは……別に、ただ俺を送ってくれただけだよ。いろいろと食材の調達もあったし、それにつきあってもらったんだ。一人じゃ大変だったから」

「そんなことなら俺に言えばいいだろう？　ちゃんと誰かをサポートにつかせたのに」

「あぁ、そうだな。気がまわらなくて悪かった。でも、本当に柚木には玄関まで送ってもらっただけだから」

嘘を重ねているせいか、頬がこわばっている。

「本当か？」

男の眼《め》が鋭利な刃物のように鋭い光を放つと、高城は本能的な恐怖を覚えてしまう。

「ほ、本当だよっ」

「………そうか。疑って悪かったな。お前を信じるよ」

常磐が階段をあがっていくと、高城はようやくホッと息をついてキッチンに戻り、スープを温め直した。

でもやはり、嘘をついてしまったことが気になって仕方なくて……

（柚木にされたことは言えないけれど、せめて、薫の誕生日なんか知らなかったってことは正直に話そう）

高城はそう決めると、クッキングヒーターのスイッチを切って二階にあがっていった。

「あの、薫っ」

高城が寝室のドアを開けて入室すると、なぜかベッドの脇に常磐が立ちつくしている。

こちらに背中を向けているので、その表情は見えなかった。

「あのさ……ごめん。実は俺、本当は薫の誕生日のこと…知らなかったんだ。さっき、ジェシカ夫人から初めて聞いて。それから急いで料理をしたんだ。だから、プレゼントとか用意できなくて。それと……さっき」

思わず柚木とのことを口にしかけて、やはり言葉にできなくてうつむいた時、常磐がゆっくり振り返った。

とても気落ちした表情を浮かべていたが、それ以上になにか危険な気配が漂っている。

「そんなことだろうと思ったよ。大学時代から、俺をあんなに嫌っていたはずの玲司が、俺の誕生日なんて覚えているわけがない。好きでもない俺なんかのな」

彼は自虐的なセリフを口走りながら近づいてくると、高城の額の三日月の傷に触れる。

「薫……そんなっ」

「少しでも喜んだ俺が馬鹿だったな」

「……ごめん」

返す言葉もなくて、高城はただ謝った。

「それから、できれば少し説明をしてもらいたいんだが？　いいか？」

「え？」

常磐がなにかを握った手を差しだす。

「これはなんだ？ シーツの上に落ちていたが？ 俺のものでもお前のものでもないな」

広げられた掌の上にのっていたもの。

それは……

見覚えのある、柚木のタイピンだった。

「え………どうしてっ？ どうして、そんなものが！」

考えられるとしたらおそらくあの時。

ベッドで柚木にキスをされた時、彼が落としたのだろう。

純粋な高城は、それが意図的な行為であることなど想像もつかない。

「で。お前と柚木は、なにをしたんだ？ このベッドで」

「薫っ……違うんだ。俺はっ」

冷たい顔をした男にいきなり胸ぐらをつかまれ、グッとシャツを引きあげられると、胸元に新しいキスマークが見える。

「………これは、俺がつけたものじゃない」

「ごめんっ。薫、これは…あのっ」

「ごまかすな！ よくもこの俺を騙《だま》してくれたな！」

「っ……そんな」

怒気を前面に押しだした声に、高城はただ身をすくませてしまう。

「いや。そうだ。忘れていたよ」

突然常磐は、嫌な笑みを浮かべた。

「玲司は用意していないらしいが、実は俺は、お前にプレゼントがあるんだ。さぁ来い！」

大声で怒鳴ると、常磐は嫌がる高城の腕をつかんで、無理やり階段を引きずっていった。


高城が連れていかれたのは、まだ一度も入ったことのない地下室で、そこは常磐が妻を躾《しつ》けるために作らせた『鳥籠《とりかご》』と呼ばれる部屋だった。

「さぁ、入るんだ！」

投げるように冷たい床に放りだされた高城の背後で、鉄製の頑丈な扉が閉められる。

「この扉は指紋認識で開くんだ。開錠が許可されている指紋は、俺のものだけだがな」

ゾッとするような冷静な声が落ちてくるが、すでに高城は別のものに目を奪われていて、なにも耳に入らなかった。

なぜなら、室内には怪しげな仕掛けや道具がたくさんあったからだ。

「嫌……だよ。俺、こんな部屋。なんでこんなっ」

ここは、マンションで高城が監禁された殺風景な『鳥籠』とはまったく違っていた。

一番最初に目に飛び込んできたのは、十字架のような磔《はりつけ》台。

その上下左右には手足を固定する頑丈なレザーベルトが取りつけられている。

部屋の隅にはアンティークな木馬が置かれていて、さらに天井からは鎖が下がり、棚には鞭《むち》や荒縄などが見えるように置かれていた。

「冗談だろう！　こんなっ……俺、嫌だよッ」

「いずれここにあるすべてをお前で試すつもりだ。玲司が泣いて悦《よろこ》ぶようになるまで徹底的に躾けてやると言っただろう？」

「そ…んなっ」

「あの綺麗な木馬にも、そのうち乗せてやるよ。見た目と違って、乗せられたものは十分と持たずに失神するらしいぞ。玲司はどんな反応を見せてくれるか、今から楽しみだ」

「嫌だ。絶対に嫌だからな！　そんなことをしたら舌を噛《か》んで死んでやる！」

「お前が嫌でも、俺には関係ない。まぁ、今日は玲司がいい子にしていたら、あまりハードなものは使わないでいてやるよ」

本気の瞳に、高城の喉《のど》がゴクリと鳴った。

「さぁ、おとなしく俺のところへ来い。お前に作ってやった首輪をつけてやる」

この部屋の扉は絶対に開かない。もう逃げられない。

高城はしばらく相手の顔を睨んでいたが、自分の置かれた立場を考え、ついに観念したように唇を噛み、そろそろと相手の前まで歩いていってそこで膝《ひざ》を折った。

今の高城には、少しでも主人を怒らせない道を選択することしかなかったのだ。

「あぁ、とても従順でけっこう。さぁ、お前の首輪だ。つけてもらって嬉しいだろう？」

プラチナの鎖がついた特注の首輪が首に巻かれて固定されると、高城の目尻に屈辱の涙が光る。

「泣くほど嬉しいみたいだな？　そうなんだろう？　ん？　どうした。返事をしろ」

「……………は、い」

「いい子だ。さて、この部屋にはいろんな仕掛けがあるが。今日のところは、これで遊んでやろう」

常磐は鎖を柱の留め金に引っかけると、チェストからなにかを取りだしてきて、それをわざと高く掲げて見せた。

「なっ！」

小さな物体を目にしたとたん、高城の頬から見る見る血の気が引いていく。

それは薬指ほどの長さのピンク色の物体で、端からコードのようなものが垂れていた。

「これがなにかってことくらいは知っているな？　どうやって使うのかもわかるな？」

いくらこういうことに疎い高城でも、これは知っていた。

大学時代、スキー部の合宿でつきあいで観《み》せられた、動く玩具《おもちゃ》を使ったアダルトビデオ。

でも、まさか自分自身がその玩具を使われることになろうとは誰が想像するだろう。

「冗談だろう？　なぁやめてくれよ。薫っ……お願いだから。こんなの絶対に嫌だっ」

「だったら嘘をつかずに正直に言ってみろ。お前は今日の昼間、俺たち夫婦のベッドで柚木になにをさせたんだ？　どこまで許した？」

常磐は憎々しげに責めながら、高城のシャツを強引に奪い取る。

さらにズボンも下着ごと脱がされてしまい、アッと言う間に高城は全裸に剝《む》きあげられた。

「やっ！　よせ。嫌だっ」

「あ、ぁ……ぁぁぁ」

絶望のうめきが低く喉から漏れる。

「さぁ玲司、そのまま俺に尻を向けて床に這《は》ってみろ。お前は犬だ。四ッん這いになれ！」

「なっ……！　このっ、変態！　お前、絶対におかしいっ。そんなこと死んでもしない！」

「忘れたのか？　前から俺は変態だと言っていただろう？　どうしても言うことが聞けないなら、玲司が可愛がっている大事な後輩に、玲司の身体《からだ》はとてもいい具合だと教えてやってもいいんだぜ？」

弱みを利用されて脅され、高城は最後には結局、男に屈する道を選ぶしかなかった。

「あぁ……どうか、頼むから、柚木にだけは……こんなことは言わないで」

「……柚木に知られたくないのはなぜだ。アイツに特別な感情があるからじゃないのか？」

「違う！　そんなことはないよ。柚木は俺の幼なじみで、大切な親友なんだ」

高城が断言すると、常磐は憎しみの籠った低い声で命じた。

「だったら、その親友には黙っておいてやるから、さっさと床に這え。尻を高くあげてな」

全裸の高城が、はらはらと涙をこぼしながらもその言葉に従うと、満足そうな嗤《わら》い声が真上から落ちてくる。

「さぁ、これで奥まで犯してやるから、じっとしていろよ」

男は愉《たの》しげに声をかけると、ローターをペロリと舐めてから高城の尻の真うしろにしゃがみ込んだ。

「これは新製品だそうだ。小さいが相当な振動があるらしい。さぁ、力を抜け。入れるぜ」

奥歯を噛みしめながら、高城は異物が侵入してくるヌルッとしたおぞましい感触に耐える。

「ぅっ……ぅぁぁぁ」

常磐が長い指で奥の奥までローターを押し込むと、絶望的なか細い悲鳴が漏れた。

男は長いコードの先についた強度調節機を持っていたが、やがて嗤いながら宣告する。

「さぁ、スイッチを入れてやる。最初は低いレベルで遊ばせてやるよ」

次の瞬間、ヴヴヴッという音を振動そのもので感じた高城の背が、弓のように反り返った。

「ひぅっ……！」

見た目とまったく違い、その振動の大きさは想像以上だった。

高城はとたんに床に上体を崩して伏せ、荒い息を苦しげに吐いて床に頬をこすりつける。

「いやぁっ……あぁ、ぁ、ぁ。やめてッ」

「なにを言っている？　お愉しみはこれからだ。徐々にレベルをあげていくからな」

男が淡々と言い放ったあと、中の振動がいっそう強くなって高城の唇からは悲鳴が漏れた。

「ひぁぁっ……やぁっ、や。嫌だっ。こんなの、ぁぁ……やぁ、お願い。嫌だっ」

腰の奥に潜り込んだ軟体動物が、そこで暴れもがいているようなおぞましい感触。

高城は床に爪《つめ》を立ててあられもなく身悶《みもだ》え、一気に勃起《ぼっき》した雄の穴から甘い蜜《みつ》をしたたらせる。

「どうした？　もうヨダレを垂らしているぞ？　変態はお前の方じゃないのか。玲司？」

「ぅあぁっ……ふ、くぅぅッ」

微妙な振動に内部の敏感な粘膜を刺激されながら、高城は首を左右に振って否定する。

「説得力のない身体だ。でも、これじゃあ物足りないみたいだな？　ローターはまだ二つもあるんだ。今から一つずつ増やしてやろうな」

青ざめる高城を後目《しりめ》に、常磐は新たなローターを手にして熟れた小さな蕾《つぼみ》にあてがった。

「そんなッ……う、嘘！　あ、よせッ……ダメだ。だめぇっ……もう、入れないで…ひっ」

二つ目、そして三つ目のローターが内部に深く埋め込まれると、高城はそれだけで腰をくねらせて呆気なく射精してしまった。

「おいおい、早すぎるんじゃないのか？　破廉恥な奴だな。あとの二つはまだ動かしてないんだぞ？　感じるのはこれからだっていうのに」

「やめっ……お願い。スイッチは入れないで。頼むからッ！　薫……嫌だっ」

必死になって懇願した次の瞬間、無情にも新たな二つのローターのスイッチが入った。

「ぐっ……ぅあぁぁぁッ」

射精したばかりの雄はまたすぐに勃起し、高城はそれをはしたなく床にこすりつけながら激しく身悶える。

「あぁ、そうだ。忘れるところだった。玲司へのプレゼントを渡さなければな」

常磐はチェストの引き出しから指輪ケースのようなものを持ってくると、蓋《ふた》を開けて小さなリングを指でつまみあげた。

「玲司、これがなにかわかるか?」

それは直系が七ミリほどの、小さくて細いプラチナのニップルリングだった。

「覚えているか? 前に、俺の名前の入ったリングをチクビにつけてやると言っていただろう? お前のために特別に作らせたんだ。喜んでくれるだろう? それに、ここになにが彫られているかわかるか?」

常磐は四ツん這いで床に伏したままの高城の目の前に、細いリングをかざす。

その円の外側に、『kaoru』という所有の証《あかし》とも言える文字がくっきりと彫られていた。

「俺の名前の入ったリングをチクビにつけられたお前自身が、今日の俺への誕生日プレゼントだ。どうだ? 我ながら名案だったろう?」

「あぁ、ぁぁぁ……ひぃ」

常磐は満足げに微笑《ほほえ》むと、高城の勃起したチクビに小さなリングを嚙ませてしまう。

「あぁっ……ぅぅん!」

チクビにリングをはめられ、そして孔《あな》の奥を三つのローターでなぶられて、高城は唇からヨダレを垂らしながら喘ぎ続けていた。

「さぁ、今度はレベルを一番強くするからな」

常磐の指が、三つのスイッチのメモリを最強にする。

「ひぅっ……ぁふッ」

これまで感じたことのない絶頂を味わいながら、高城は白濁をまき散らしていた。

翌朝、目が覚めた時はベッドの上だった。

身体は重かったが、パジャマはきちんと着せられていて、まるで昨夜のことはすべて夢だったのかと思える。

高城がわずかに身じろいだせいで、隣で眠っていた常磐が目を覚ました。

「おはよう玲司。よく眠っていたな」

優しい笑顔に安堵《あんど》して身を起こした時、常磐の指先がおもむろに伸びてきて、高城の左側のチクビにツンと触れた。

「あん～っ」

甘い刺激に襲われて急いでパジャマのボタンを外し、自分の胸に目をやると、チクビには銀色のリングがはめられている。

「……嘘、だ。なんで……こんなものッ」

無意識にリングを外そうとして、突き立ったチクビの敏感な肉に触れてしまい、情けなくも「はぁんっ」と甘い喘ぎが漏れてしまう。

「おいおい、自分で触って感じていてどうするんだ？　言っておくが、勝手に外したらおしおきだぞ」

kaoru

「なぁ薫。お願いだから。これ、取ってくれよ。頼むからっ」

「ダメだ。お前は俺の妻としての自覚が足りないからな。いつでも俺の愛撫を感じ、俺のモノだという自覚を持つためにはリングが必要だろう。それに、俺の名前が入っているそんなものを見たら、誰もお前を浮気相手には選ばないだろう」

常磐は意地悪くそう言うと、満足げに微笑んだ。

「いいか。なにがあっても玲司を柚木には渡さない。これはお前が浮気をした罰なんだよ。今度、俺の知らない間にアイツに身体をさわらせたら、こっちのチクビにもリングをはめてやるから覚悟していろ！」

本気の宣言に、高城は観念したようにうめいた。

「さぁ、来週はアメリカで記者発表だ。お前とのバカンスも楽しみにしているよ。夫婦水入らずで素晴らしい時間をすごせそうだな。愛しているよ……玲司」

リングがもたらす甘いうずきを感じながら、高城は返事の代わりに熱い吐息を落とした。

あとがき

こんにちは。または初めまして。早乙女彩乃です。

「花嫁は開発室長」は、お楽しみいただけましたでしょうか？

今回のお話は、いわゆる身代わり花嫁ものです。でも早乙女が書くのだから、花嫁とはいっても、可愛い少年じゃありません。花嫁は、T大卒の天才技術者だったんですよね〜。

しかも正義感があって気が強く、意地っ張りのオトコ前。

そんな彼が、虫の好かない大学の後輩で、現在はエレクトロニクスメーカーの敏腕若手社長の常磐に、妹の身代わりとして無理やり花嫁にさせられてしまいます。

大嫌いな相手に強引に花嫁にさせられて、身体から屈服させられていく……

前からそういう花嫁ストーリーを書きたかった早乙女は、とっても楽しんでお仕事をさせていただきました。

しかも今回は、プラチナの首輪だとか動く玩具などといったエログッズまで使用させていただき、本当に満足でした～。

まぁ二人には今回いろんな試練がありましたが、まずはハッピーエンドに終わりました。

書き下ろしでも、相当ラブラブな二人でしたが、高城は最後に常磐のファーストネーム入りのニップルリングをはめられてしまいました～。

この続編も書きますので、ぜひそちらも続けてお読みいただけると嬉しいです。

次は、さらに独占欲剝き出しになった常磐をお届けしたいと思います！　もちろん柚木も出てきますよん。


イラストを担当していただきました、ほづみ音衣先生。可愛い高城室長とカッコイイ常磐社長を描いてくださってありがとうございました。

特に口絵の花嫁姿の高城が素敵です～。本当に感謝しています！

さて、早乙女彩乃は『ああ　いー天気！』というオリジナルサークルで本を作っています。興味のある方は、うちのホームページをご覧くださいね。小説なども公開しています。

http://homepage2.nifty.com/aaiitenki/

商業誌については、シャレード文庫以外では、ルビー文庫、プラチナ文庫でもお読みいただけますよ。

よろしければ、是非チェックしてみてくださいね。

最近の早乙女は、どうも体調がよくないのですが、これからも、ぼちぼち&まったりと仕事をしていきたいと思いますので、今後ともどうぞ気長におつきあいよろしくお願い致します。

早乙女彩乃

◆初出一覧◆
花嫁は開発室長（シャレード2004年7月号・9月号）
蜂蜜と鳥籠（書き下ろし）

CHARADE BUNKO

花嫁《はなよめ》は開発室長《かいはつしつちょう》

[著　者]　早乙女彩乃《さおとめあやの》

[発行所]　株式会社 二見書房
東京都千代田区神田神保町1−5−10
電話　03(3219)2311［営業］
　　　03(3219)2316［編集］
振替　00170−4−2639

[印　刷]　株式会社堀内印刷所
[製　本]　ナショナル製本協同組合

落丁・乱丁本はお取り替えいたします。
定価は、カバーに表示してあります。

ISBN4−576−05150−4
http://www.futami.co.jp/